내일은
더 잘될 거예요

내일은 더 잘될 거예요

경인방송 황순유의 해피타임907
365일의 안부

2019년 11월 20일 초판 1쇄 발행

지은이   황순유
펴낸이   안호헌
디자인   바이브온

펴낸곳   도서출판 흔들의자
         출판등록   2011. 10. 14(제311-2011-52호)
         주소   서울 강서구 가로공원로84길 77
         전화   (02)387-2175
         팩스   (02)387-2176
         이메일   rcpbooks@daum.net(편집, 원고 투고)
         블로그   http://blog.naver.com/rcpbooks

ISBN 979-11-86787-20-5 03810
ⓒ 황순유 2019. Printed in Korea

* 이 도서의 국립중앙도서관 출판예정도서목록(CIP)은 서지정보유통지원시스템 홈페이지(http://seoji.nl.go.kr)와
  국가자료공동목록시스템(http://www.nl.go.kr/kolisnet)에서 이용하실 수 있습니다. (CIP제어번호 : CIPCIP2019040219)

경인방송 황순유의 해피타임907 365일의 안부

내일은
더 잘될 거예요

황순유 지음

흔들의자

오늘도 다 잘될 거예요.
내일은 더 잘될 거예요.

처음 방송일을 시작할 때 다짐했던 게 하나 있었습니다. '1년만 해보고 잘 안 풀리면 과감히 접자. 될 듯 말듯 약 올리는 상황에서 방황하지 말고, 딱 1년만 열심히 해보자.' 단 한 순간도 잘 나간 적은 없지만 그렇다고 과감히 접을 만큼 안 풀리지도 않았기에, 아니 그보다 더딘 속도일지라도 해마다 조금씩 나아졌기에, 20년 긴 시간을 진행자라는 이름으로 살고 있습니다.

스물다섯의 나이에 결혼을 앞두고 또 한 번 다짐했던 게 있었죠. '공중파 방송도 하고 이제 한창 일할 땐데 어린 나이에 결혼하면 방송일은 접겠다는 거야?' 주변에서 모두 걱정했거든요. 그때도 저는 생각했습니다. 될 일이라면 아줌마여도 계속할 수 있는 거고, 안될 일이라면 버틴다고 되진 않을 거라고. 다행히 '잘될 일'이었던 건지 결혼을 하고도 첫째, 둘째, 셋째를 낳고서도 지금까지 저는 마이크 앞에 서 있습니다.

이렇게 글로 써놓으니, 마치 대쪽 같은 사람처럼 보여 웃음이 나오네요. 실은 소심하고 상처받기 싫은 약한 제 마음에 예방접종을 한 것뿐인데요.

라디오 프로그램의 원고를 직접 쓴다고 하면 대부분의 사람은 놀랍니다. 세상에 작가도 아닌데 직접 글을 쓴다고? 그럼 월급도 두 배로 벌겠네? 공식적으로 대답을 해드리자면 작가가 주업은 아니라 글은 서툴고, 월급은 두 배는 아닙니다. 글을 쓴다는 건 저에게도 어려운 일이지요. 하지만 하면 할수록 쓰면 쓸수록 온 세상의 자연과 사물들이 제게 말을 걸어오는 걸 느꼈습니다. 그동안 그냥 지나쳤던 골목길이 얘기를 들려주고, 그냥 스치고 지나간 바람이 살갗에 기억되고, 빈말일지 모르는 한 마디 안부 인사도 마음에 내려앉았습니다. 저는 그 소박한 이야기들을 오프닝으로 담았고, 청취자들은 당신의 하루와 크게 다르지 않은 저의 글과 말에 크게 공감했어요.

'어쩌다 한 번'이 아닌 '매일' 쓴다는 건 더더욱 쉬운 일이 아니었습니다. 바쁜 일정이 몰려있을 시즌이면 작가가 준비해준 원고를 읽기만 했던 지난날이 그리웠고, 운전 중에 다른 프로그램을 들을 때면 작가의 유려한 글솜씨를 말로 뽐내는 진행자들이 부러웠어요. 하지만 아무리 바빠도, 아무리 아파도, 아무리 할 말이 없어도……. 오프닝 없이 시작하는 프로그램이 있던가요?
이 책은 그렇게 채워졌습니다. 어떤 날은 할 말이 너무 많은데 다 담을 수 없어 깎아냈고, 어떤 날은 딱히 할 말이 없어서 부풀리기도 했을 겁니다. 몇 년 치의 오프닝 중에서 여러분과 나누고 싶은 365개의 글을 골라 담았습니다.
'황순유 씨는 참 꾸준한 사람이군요!' 이 말이 저는 참 좋았습니다. 세상도 빨리 변하고 그런 세상보다 더 앞서 변해야 하는 게 방송 매체라고 하지만 제가 생각하는 방송은 '사람'이거든요. 내가 사는 세상이 전부인 줄 알았던 어린 나이에 '6시 내 고향' 촬영지에서 만났던 분들의 땀, 눈이 펑펑 내려서 너무 좋다는 사연 속에 오토바이 타고 택배 일하는 남편을 걱정하는 아내의 마음, 앞을 볼 수 없어서 라디오를 듣는다는 시각장애인 청취자와 들리지 않지만 악기들의 울림을 느낀다는 청각장애인 관객, 저녁 8시의 멋진 바깥 풍경을 보지 못하고 매일 스튜디오 안에서 생방송을 하는 저에게 보내주시는 해피타임 가족들의 노을, 별, 달이 담긴 사진들.
이 모든 것들이 제가 생각하는 '사람이 담긴 방송'입니다.

스물셋의 대학생이 처음 카메라 앞에 섰던 그 날을 아직도 잊지 않았습니다. 떨리고 두려웠던 그 순간이 지나고야 느낄 수 있었던 안도감. 그 마음은 20년이 지나도 변하지 않았습니다. 마이크 앞에 앉고, 카메라 앞에 서고, 무대 위에 오를 때 저는 아직도 설레고 두근거려요. 2019년 가을, 방송을 시작한 지 20년이 되었습니다. 잘나서도 잘해서도 아니고 그저 하다 보니 20년이 되었습니다. 어쩌다 20년. 참 감사한 일이죠. 많은 분의 도움으로 살아온 20년만큼 저도 누군가에게 도움을 주는 20년을 살아보려 합니다.

꼭 해보고 싶은 게 있었어요. Thanks to......

대낮의 쪽잠으로도 급속충전할 수 있는 초강력 체력을 물려주신 부모님과 '엄마와 아내'라는 이름으로만 살지 않고 황순유로 살 수 있게 해주는 가족들, 사랑합니다. 고맙습니다.

아이는 온 동네가 키운다는 말을 몸소 실천하고 있는 동현, 석현, 지현 친구 엄마들, 고맙습니다.

직원보다 더 잔소리 많은 프리랜서를 가족처럼 대해주는 경인방송, 처음 시작한 곳에서 20년을 맞을 수 있어 고맙습니다.

저녁 8시면 라디오 앞으로 모여 시시콜콜한 이야기를 들려주는 해피타임 청취자들과 아름답고 또 아름다운 음악이 있어 정말 고맙습니다.

결혼식도 아닌데! 화려한 드레스를 입고 진행할 수 있게 멋진 무대를 맡겨주는 연주자들과 객석에서 눈빛으로 박수로 함성으로 표현하는 관객들께도 고맙습니다.

생각보다 꽤 길게 살아남은 저를 언제나 응원해주는 지난날의 스태프들과 마지막으로 보잘것없는 신입 시절부터 '넌 잘될 거다! 네가 제일 오래 남을 거다!'라고 응원해주시던…….
지금은 하늘에서 응원하고 계실 그분께도 감사합니다.

오늘은 아쉬워도 괜찮아요. 우리에겐 내일이 있으니까요.
다 같이 외쳐볼까요?
오늘도 다 잘될 거예요!
내일은 더 잘될 거예요!

황순유

첫인상은 누구도 두 번 줄 수 없다!

미국의 가수이자 배우인 주디 갈런드의 말처럼 첫인상은 누구도 두 번 줄 수 없다. 처음 만난 사람에게서 첫인상을 결정하기까지 걸리는 시간은 단 5초. 짧은 시간 내에 정해진 첫인상은 쉽게 바뀌지 않는다. 그러니 프로그램의 첫인상이라고 할 수 있는 오프닝멘트에 방송작가들이 얼마나 공을 들이고 혼을 쏟을 것인가. 티 내지 않으면 알아주지 않는 요즘 세상에서 수년간 아무도 알아주지 않는 오프닝을 써왔던 황순유. 이제 그녀는 한 방에 제대로 티를 내려나 보다. 하루하루가 특별할 리 없는 우리네 인생에서 평범하고 소박한 이야기 소재를 찾아내려 무던히 고민하고 노력했을 그녀의 시간이 책 속에 고스란히 담겼다.

TV와 라디오 그리고 공연 무대를 통해 묵묵히 자기 자리를 지켜온 황순유는 방송을 시작한 지 올해로 스무 해를 맞았다. 스무 살을 지나 성인이 되듯 그녀 또한 더욱 깊은 공감을 끌어낼 수 있는 성숙한 방송인으로 오랜 세월 마이크 앞에 앉길 바란다.

어제와 다를 바 없는 하루를 보내며 오늘은 DJ 황순유가 어떤 오프닝으로 청취자들을 라디오 앞에 모여들게 할까? '오늘도 다 잘될 거예요! 내일은 더 잘될 거예요!'라는 해피타임의 엔딩 멘트처럼 그녀의 목소리를 듣는 모든 사람이 긍정의 기운으로 살아가기를 진심으로 응원해본다.

권혁철 경인방송 대표

변하지 않는 사랑으로, 흔들림 없는 마음으로!

클래식이 뭘까요? 베토벤, 모차르트의 음악도 클래식이고 셰익스피어의 소설도 클래식이지요.
고전적이고, 유행을 타지 않으며, 대표적이고 전형적인 스타일을 우리는 클래식이라고 합니다.
바꾸어 말하면 세련되지 않고, 덜 재밌고, 밋밋한 것들이 클래식이라는 얘깁니다. 하지만
클래식은 시대가 변하고 세상이 바뀌어도 언제나 그 자리에 남습니다. '최고'니까요.
라디오 DJ가 갖추어야 할 첫 번째 덕목은 성실함입니다. 뜨겁거나 차가워서는 안 되고,
정해진 일상과 정해진 컨디션으로 미지근함을 유지해야 하죠. 평범한 일상을 살아가는 우리들의
이야기가 황순유의 목소리를 타고 음악 위에 얹어지고, 그 순간 우리의 하루는 특별해집니다.
제가 만난 황순유는 클래식의 멋이 몸에 밴 라디오 DJ입니다.
'내일은 더 잘될 거예요' 이 책을 통해 매일매일 서로의 안부를 물으면 좋겠습니다.

2019년 10월의 어느 멋진 날에, 방송인 황순유의 방송 20주년을 진심으로 축하하며……

김동규 성악가(바리톤)

귀여운 고뇌가 섬세하게 느껴지는 그녀의 오프닝!

어떤 말을 할까? 어떤 말을 건넬까?
화자(話者)보다 청자(聽者)의 입장에서 생각하면 첫 운을 떼는 게 여간 고통스러운 일이 아니다.
라디오 오프닝은 짧지만 깊어야 하고, 감동과 감성 그리고 감정을 끌어낼 수 있어야 한다.
매일의 안부를 물어보는 첫 마디가 여기 모여있다. 매일 聽者를 위한 오프닝 원고를 준비했던
DJ 황순유의 귀여운 고뇌가 섬세하게 느껴지는 글이다. 누구라도 공감할 수 있는 일상의
소재와 경험을 황순유, 그녀만의 특유의 톤으로 써 내려간 이 글들은 지나간 라디오를 다시
듣고 싶어지게 하는 묘한 힘이 있다. 이 책을 통해 만나는 그녀의 인사를 라디오를 통해, 따뜻한
그녀의 목소리를 통해 꼭 들어보시길 바란다.

봉만대 영화감독

라디오를 들으며 자란 라디오키드라면 라디오의 온기를 기억하고 있을 것이다. 늦은 밤 지친 하루를 달래주는 DJ의 다정한 목소리는 마치 나만을 위한 위로처럼 느껴졌고, 라디오를 통해 DJ가 들려주는 노래도 마치 나만을 위한 노래인 양 애틋했다. 라디오 프로그램의 대문이자 첫인사인 오프닝은 방송 작가라면 누구나 가장 신경 쓰는 부분일 것이다. 하지만 DJ와 청취자의 하루 첫 만남이라는 걸 생각한다면 오프닝 원고는 DJ의 이야기로 시작하는 게 더 좋을 것이다. 아쉽게도 우리나라 방송환경에서 DJ가 직접 방송 오프닝을 쓰는 경우는 흔치 않은데, DJ 황순유는 수년간 해피타임907의 오프닝 원고를 직접 써왔다. 사랑하는 연인에게 편지를 쓰듯이, 소중한 청취자들을 떠올리며 하루의 생각을 오프닝 속에 담아냈다. 비록 작가의 글솜씨처럼 유려하지 않을지라도 청취자들은 그녀의 진심을 느껴왔을 것이다. 어디선가 황순유의 목소리가 들리는 듯한 이 책은 우리 모두를 향해 오늘의 안부를 묻는다. 모두의 이야기가 내 얘기가 되는 시간, 그녀의 라디오를 통해 세상이 더욱더 따뜻하게 물들기를 바라본다.

이기상 한국방송진행자연합(KFBA)회장

DJ 황순유가 진행하는 라디오 프로그램에 게스트로 출연하면서 첫 인연을 맺었다. 모습과는 어울리지 않는 특유의 호탕한 웃음소리는 처음 만나는 사람과도 금방 친해질 수 있는 강력한 마력이 있었다. 그녀를 만나본 적이 있는 사람이라면, 그녀의 라디오를 들어본 적이 있는 사람이라면 누구라도 그녀만의 매력에 빠졌을 것이다.

매일 똑같은 일을 빠짐없이 한다는 게 얼마나 어려운 일인가! 게다가 직업이 작가가 아닌 그녀가 매일 오프닝 원고를 준비했던 지난 몇 년은 그녀에게도 쉬운 날들은 아니었겠지만 이제 그 힘듦이 모여 'DJ 황순유'가 아닌 '작가 황순유'로도 당당하게 이름을 올릴 수 있게 되었다.

라디오를 통해 청취자와 함께 공감했던 좋은 글들이 모여 한 권의 책으로 나오게 된 것을 진심으로 축하해주고 싶다. 긍정적이고 아름다운 쑨D의 마음이 담긴 이 책을 통해 세상의 온기가 더 멀리까지 퍼지기를 바란다.

채제민 부활 드러머

목
차

'글'을 써서 '말'로 해야 하는 방송 원고임을 고려하여 일부 표기와 맞춤법은 저자 고유의 스타일을 존중하였습니다. (편집자 주)

001
세상의 모든 시작

신이 손을 대지 않는 몇 가지가 있다고 합니다.

문을 여는 것.
첫 번째 발걸음을 내딛는 것.
첫 문장을 쓰기 시작하는 것,
책의 첫 장을 넘기는 것.
피아노의 건반을 처음 두드리는 것,
씨앗을 처음 심는 것.
처음 이성에게 손을 내미는 것.

전지전능하신 신이 이 쉬운 일들을 해주지 않는 건 이유가 있겠죠?
세상의 모든 시작은 우리가 신에게 보내야하는 신호이기 때문이래요.

꿈꾸는 일이 있다면 신호를 보내세요.
그 첫 걸음은 우리가 내딛어야하니까요.

My Bucket List

1.
2.
3.
4.
5.
6.
7.
8.
9.
10.
11.
12.
13.
14.
15.
16.
17.
18.
19.
20.

002
말은 어눌해도 상관없어요

말을 잘하는 사람은 글 잘 쓰는 사람을

반대로 글을 잘 쓰는 사람은

말 잘하는 사람을 부러워합니다.

물론 제일 부러운 건 말과 글 양쪽에 재능이 있는 사람이죠.

말과 글은 누군가와 소통을 할 때 없어서는 안 될 수단이긴 하지만

지식을 전하고 생각을 전하고 마음을 전하는 데에 있어서

제일 중요한 건 마음 아닐까요?

오가는 대화에 마음이 들어있지 않고,

생각을 전하는 글에 마음이 담겨있지 않다면 차갑고 메마른 느낌이겠죠.

말은 어눌하고 글은 서투를지언정 마음만은 따뜻한 사람.

저는 그런 사람이 좋습니다.

003

일일시호일

'일일시호일' 이라는 말이 있습니다.
중국 당나라 때의 고승이었던 운문 선사가 남긴 말인데 '매일매일,
날마다 좋은 날'이라는 뜻이죠.
살다보면 맑은 날도 있고, 흐린 날도 있어요.
따스한 햇살에 몸을 녹이는 때가 있는가 하면
잔뜩 웅크리고 한기를 피하는 때도 있습니다.
하지만 어떤 날씨도 우리가 마음대로 바꿀 수는 없어요.
또 바꿔서 생각해보면 매일매일 다른 날씨가 펼쳐지기 때문에
그날에만 느낄 수 있고 경험할 수 있는 일들도 많죠.
'일일시호일'은 매일매일이 화창하고, 기쁘기 만한 것을 뜻하는 게 아닐 겁니다.
어떤 날이라도 우리에게 좋은 하루로 남길 수 있다는 가능성을 열어준 말 아닐까요?
기억하세요! 오늘은 오늘만 볼 수 있는 오늘만 누릴 수 있는 기쁨이 분명, 있었을 거예요!

004
하나에만 몰입하기

《데미안》,《수레바퀴 밑에서》 등의 작품으로 잘 알려진 헤르만 헤세는
글을 쓰는 소설가였을 뿐만 아니라 자연을 그려내는 화가이기도 했습니다.
헤르만 헤세가 처음으로 그림을 그리기 시작할 때
"내가 유명화가가 될 수 없다는 것은 이미 알고 있다.
하지만, 그림에 몰두하는 순간 나 자신을 까맣게 잊게 된다는 것과
여러 날 동안 나 자신과 세상을 잊고 고달픈 모든 것에서 자유로울 수 있었던 것은
처음 있는 일이었다." 라는 말을 했다는데요.
한 가지 일에 몰두하면 다른 것들은 하나도 보이지 않던 시절이 있었죠.
사랑이 전부이고, 일이 전부이던 한때 말이에요.
이 세상에 오직 하나만 존재하는 시간이 우리에게도 다시 올까요?

005

제일 좋았던 한때를 놓치지 말아요

과일을 살 때도 예쁘고 맛있게 생긴 걸 고르고
채소도 가장 싱싱하고 싱그러운 초록으로 고릅니다.
그런데 그렇게 공들여 사와서는 바쁘다보니 미루고, 깜빡하고 잊죠.
결국 과일은 윤기를 잃고 채소는 시들어갑니다.
가장 싱싱하고 좋았던 한때를 놓친 냉장고 속의 음식물처럼
남은 생의 제일 싱그러운 한때를 놓치지 않기를 소망해봅니다.

006

설명, 변명, 해명

설명과 해명과 변명. 다르게 사용되는 단어들이지만
어느 면에서는 닮았기도 합니다.
어떤 사물이나 문제에 대해 상대방이 알기 쉽게 풀어주는 것을
설명이라고 한다면 해명은 달라요.
까닭이나 이유가 뒷받침되어야 하거든요.
또 변명은 설명해야할 대상부터가 다르죠.
잘못이나 실수에 대해 이유를 들어 말하거나 옳고 그름을 가려서
사리를 밝히는 것을 변명이라고 합니다.

하지만 설명을 해야 할 때 변명을 하고
사과를 해야 할 때도 변명을 하고
아무도 나무라지 않았는데
지레 변명을 하는 사람들이 많습니다.

계획만 세우고 아무것도 하지 않는 것에 대해,
중요한 회의에 지각한 상황에 대해,
큰 소리 뻥뻥 쳐놓고 아무 것도 지키지 않는 자신에 대해,
설명과 해명 그리고 변명 중에 무엇이 필요한지
곰곰이 생각해봐야겠어요.

007

마음에도 미니멀 라이프

미니멀라이프를 추구하는 사람들이 버릴 물건과 남길 물건을 구분할 때
'설레지 않으면 버린다.' 라는 기준도 있답니다.
큰돈을 주고 샀지만 막상 집안에 두자니 공간만 많이 차지하고
몇 년이 지나도록 별로 쓸 일도 없던 물건들.
물론 아깝겠지만 과감하게 버려야 그만큼의 집안 공간을 얻을 수 있어요.
'한번은 쓸 일이 있겠지...' 하고 쟁여둔 물건들도 버려야하는 우선순위에 속하고요.
날씨가 따뜻해지면서 다시 한 번 우리의 일상을 정리할 때가 돌아오는 것 같죠?
설레지 않으면 버리라는 미니멀라이프의 기준처럼
마음의 짐이 되는 불필요한 근심걱정들도
도움될 일이 아니라면 과감하게 버리자고요.

008
역전의 그날을
꿈꾸며!

낚시 바늘에 미끼를 꿰어 던지는 순간 여러 마리의 물고기 떼가 몰려듭니다. 그 중 제일 먼저 미끼를 문 한 녀석만이 맛있는 먹이를 먹으며 물 밖으로 나오고, 미끼를 물지 못한 나머지 녀석들은 아마 아쉬워하겠죠? 하지만 물 밖에서 보는 모습은 정반대입니다. 날렵하게 미끼를 문 물고기는 결국 사람들 손에 잡힌 것이고, 몸싸움에 진 물고기들은 계속 물속에서 살 수 있으니까요. 지금의 성공이 앞날의 성공을 보장할 수 있는 게 아니고, 지금 당장 잘 안 풀린다고해서 먼 훗날에도 그 모습 그대로일리 없습니다. 언젠가 찾아올 역전의 그날을 기대하면서 오늘도 묵묵히 내 자리를 지켜주세요

009
감출 수 없는 마음

어린 시절,
아빠가 퇴근길에 통닭을 사 오시는 날이 있었어요.
투명하게 기름이 밴 누런 봉투에 담긴 통닭을
온 가족이 둘러앉아 먹었습니다.

그때는 마냥 맛있고 좋기만 했는데
어른이 되고나니 알겠더라고요.
힘들고 기운이 빠지는 날,
그런 날이면 오히려 집에 빈손으로 들어가기 싫어진다는 걸요.
빵집에 들러 빵이라도 몇 개 더 사고,
비싸서 평소에는 엄두도 못 내던 과일까지 사게 된다는 걸요.

애써 감추려고 하지만
아는 사람끼리는 다 읽혀지는 그 마음.
우리도 알고 있죠?

010
달려라, 자전거

자전거를 탈 때도 단계가 있어요.
처음엔 세발자전거를 배우죠.
처음이라 긴장되지만
뒷바퀴 두 개가 든든해서
웬만해서는 넘어질 일이 없습니다.

조금 더 크면
보조바퀴가 달린 네 발 자전거를 타요.
키가 큰 만큼 안장도 높아져서
조금 무섭긴 하지만
작은 보조바퀴 두 개가 있어서 안심입니다.
문제는 두 발 자전거 타기.
처음엔 누가 잡아주는데도
넘어지고 고꾸라질까봐 무섭고 두려워요.

부끄럽지만 저는 아직 자전거를 못 탄답니다.
그런 저에게 아이는
"자전거는 움직이고 있을 땐 잘 안 넘어져요."
"계속 달릴 땐 어디 부딪히지 않는 한 거의 안 넘어져요."
라는 말을 해줬어요.

세상살이도 움직이고 있을 때는
균형을 잃지 않습니다.
갈까 말까? 주저하는 순간, 이리로 저리로 넘어지죠.
결정했다면 두려워하지 말고 앞으로 달리세요.
달리는 자전거는 부딪히지 않는 이상, 웬만해서는 넘어지지 않는다잖아요!

011

한 끼의 자존감

우리의 부모님 세대는
하루하루 먹고 살기도 힘드서서
'먹고 살기 바빠서...'
'목구멍이 포도청이라....'
이런 말들이 저절로 나왔다죠.
물론 지금도 끼니를 다 챙기기 힘든 분들이 계시지만
한편으로는
'대충 때우지 뭐'
'아무렇게나 먹어'
먹는 것에 대한 의미를 너무 가볍게 두는 경우도
있습니다.

글쎄요...
대충 한 끼를 때우고 넘어가다니...
우리가 그 정도로 하찮은 존재는 아니잖아요.
아무렇게나 한 끼 먹고 말다니요.
하나의 음식 안에 얼마나 많은 사람들의
공이 들어갔는데 말입니다.

자존감을 높이는 첫 번째 방법은
끼니에 소홀하지 않는 것, 아닐까요?
화려하고, 멋있어 보이는 플레이팅이 중요한 게 아니라
나를 위해, 단 10분만이라도
온전히 밥 먹는 데 집중할 수 있는 시간을 선물하세요.
우리는 소중하니까요!

3초의 여유

버스를 놓치고 다음 버스까지 기다리는 시간은 길게 느껴집니다.
놓쳐버린 버스 한 대 때문에 오늘 하루를 망친 것처럼 짜증도 나죠.
길어야 10분인데 왜 우리에게는 그만큼의 여유가 없을까요?
사람 없는 횡단보도에서 정차하는 1분을 못 기다리고
스마트폰 속도가 느리면 땅이 꺼져라 한숨이 나옵니다.
더도 말고 3초의 여유를 잊지 마세요.
큰 숨을 들이마실 수 있는 3초, 피로한 눈을 쉬게 해줄 3초,
두 팔을 하늘 위로 뻗어낼 3초. 기억하셨죠?

월요일은 무죄

괜히 마음이 불안해지면서 우울해지기도 하고,
멍하니 모든 의욕을 잃어버리는 사람도 있다네요.
직장인들이 피해갈 수 없다는, 월요병의 증상이랍니다.
심지어 직장인들에게 '월요일 아침 같은 사람' 이라는 표현은
어찌나 얄밉고 모욕적인 말이 될 수도 있어요.
왜 그럴까요? 대체 월요일이 뭘 잘못했길래.
한 요일학자가 월요병에 대한 연구를 했습니다. 일요일 내내 TV를 보면서 햇볕을 쬐지 않았거나
일요일 밤이 가는 게 아쉬워 밤새 스마트폰을 놓지 않았거나 손 하나 까딱하기 싫어서
월요일로 미룬 일들이 많을수록 월요일에 대한 부담감이 크게 느껴지는 거래요.
월요일은 참 억울했겠어요.
결국 사람들이 일요일을 잘못 보낸 탓에 그 오랜 세월동안 미움을 받았으니 말이죠.

014
해도 후회, 안 해도 후회라면

"갈까 말까 할 때는 가라,
살까 말까 할 때는 사지 마라,
말할까 말까 할 때는 말하지 마라,
줄까 말까 할 때는 줘라,
먹을까 말까 할 때는 먹지 마라..."

하지만
정답은 아닙니다.
갈까 말까 하다가,
괜히 가서 후회한 날도 있고
어떤 날은 안 가서 후회스럽기도 하거든요.
말할까 말까 고민할 때도
말한 게 후회스러운 날이 있는가하면
말하지 않은 게 후회스러운 날도 있어요.

이래도 후회, 저래도 후회라면
지금의 기분에
가장 충실한 선택을 하는 게 정답입니다.
정신이 몽롱한 월요일!
라디오를 들을까 말까? 고민이라면
해피타임은 듣는 걸로 하죠!

015

라디오를 즐기는
화끈한 방법

오늘은 해피타임 청취자 분의 사연으로 시작합니다.

"춤춰라, 아무도 보지 않는 것처럼.
사랑하라. 한 번도 상처받지 않은 것처럼.
노래하라, 아무도 듣지 않는 것처럼.
살아라, 오늘이 마지막 날인 것처럼.
꿈꾸어라, 영원히 살 것처럼."

청취자 분께서는
"노래하라, 아무도 듣지 않는 것처럼"
이 부분이 돋보이게 밑줄을 그어주셨어요.

우리 같이 즐겨볼까요?
라디오를 즐기는 화끈한 방법,
노래하세요. 아무도 듣지 않는 것처럼.

016
빈틈의 매력

한 정신과 전문의가 고민에 빠졌습니다.
병원에 명문대 졸업장, 상패, 화려한 경력을 모두 붙이고
실력을 내세웠지만
환자들이 의사에게 고민을 털어놓지 않았거든요.
고민 끝에 '어떻게 하면 환자들의 마음이 열릴까?'
상담을 받기로 했죠.
의사는 나이 지긋한 교수를 찾아갔습니다.
그런데, 어렵게 얘기를 꺼내려던 차에
노년의 교수가 그만 실수로 커피를 엎지른 거예요.
"어이쿠!! 우리 아내가 있었다면 꾸지람을 들었을 텐데,
다행이군."
이라며 나이든 교수가 먼저 웃었고,
상담을 받으려던 정신과 전문의도 한결 가벼워진 마음으로
속마음을 모두 얘기할 수 있었다네요.

빈틈, 이게 바로 '빈틈의 매력' 입니다.
빈틈이 있어야 틈새로 빛이 들어올 수 있는 것처럼
완벽한 사람보다는 비집고 들어갈 틈이 있는 사람에게
마음이 열려요.
자로 재고, 각을 잰 듯이 반듯반듯한 모습은
나도 힘들고 옆 사람도 피곤할 뿐입니다.

017

맨 마음

하루 종일 구두를 신고 있다가 벗으면
조이는 허리띠를 푼 것처럼 편안해져요.
여기저기 걷고 뛰면서
발바닥이 뜨거워지고 땀도 났던 운동화를 벗고
맨바닥을 딛었을 때의 개운함은
말로 다 할 수 없어요.
가끔은 별것 아닌 것들이 고맙게 느껴집니다.
양말을 벗은 맨발,
화장끼 없는 맨 얼굴.

다른 것을 더하지 않았다는 의미의 접두사 '맨' 이라는 말은
듣기만 해도 홀가분하지 않나요?
'맨마음' 이라는 말이
물론 어색하게 들리지만
하루를 마무리하는 저녁시간에는
마음의 군더더기를 덜어내고
맨마음만 남겨두면 좋겠습니다.
필요이상으로
스스로를 조이며 사는 우리들,
불필요한 포장들은 벗겨내고
편안한 맨마음으로
살아가는 이야기를 나눠보기로 해요.
지금은 해피타임이니까요!

018

언제나 즐겁다

임마뉘엘 카레르의 소설, 《나 아닌 다른 삶》에는
이런 구절이 나옵니다.
"방문은 언제나 즐겁다. 도착할 때 그렇지 않다면, 떠날 때라도
그렇다."

김연수 작가는 에세이에 이런 문장을 남겼습니다.
"달리기는 언제나 즐거운 일이다.
시작할 때 그렇지 않다면, 끝날 때는 반드시 그렇다."

맞아요.
하기 싫은 일, 내키지 않는 일을 시작할 때는
마냥 즐거울 수 없죠.
하지만, 견디고 버티고 흘려보내면...
끝나는 순간이 찾아옵니다.
시작할 때 기쁘지 않았다면
끝날 때는 홀가분한 마음에 마음속까지 시원해질 거예요.

한 주를 마무리하는 시간.
시원하세요?
이번 한 주도 애쓰셨습니다.

S _____   T _____

M _____   F _____

T _____   S _____

W _____

019
일상의 극한직업

큰 기대 없이 만든 영화 한 편이
연이어 기록을 세우고 있습니다.
마약반 형사들이 잠복근무를 위해서 치킨집을 차린다는
재미난 설정의 영화, '극한직업'
제목부터 참 공감이 가죠?

가만 생각해보면
세상에 그 어떤 직업도 쉽지는 않습니다.
'방학이 있으니 얼마나 좋아?' 싶은 초등학교 교사들은
교실에서 실례하는 아이들,
소풍 때면 버스 안에서 멀미하는 아이들 뒤치다꺼리 전문가라 하고,

까만 수트에 카리스마 넘치는 공연기획팀은
백 명도 넘는 오케스트라 단원들 일정관리에
도시락 준비, 그리고 그 뒷정리까지
머리보다는 노동이 더 필요한 일이라고 하더라고요.

쉬운 일이 어디 있겠어요?
그중에서도 행복한 극한 직업을 꼽으라면!
엄마, 아빠라는 직업 아닐까요?
세상의 모든 엄마, 아빠!
오늘도 애쓰셨습니다.

020

Excuse me

영어를 꽤 잘한다는 학생에게 선생님이 물었어요.
"해외여행을 갔어. 근데 사람이 너무 많이 줄 서 있는 거야.
나는 그냥 지나가기만 할 거라 줄을 설 필요가 없는데 외국인들한테 어떻게 말하면 될까?"
선생님은 꽤 고급스러운 회화가 나오길 기대하셨겠죠?
아이의 대답은 아주 간단명료했습니다.
"Excuse me."

모두 당황했지만, 그보다 더 정확한 말은 없었어요.
생각해보면 세상의 모든 표현법은 복잡할 이유가 없어요.
"고마워요, 미안해요, 실례합니다, 사랑해요."
"즐거웠어요, 영광입니다, 멋져요!"
이 짧은 몇 마디...... 아끼지 마세요!

021

순박하고 넉넉하게

수수께끼 문제 중에 있었어요.
"내 것인데 나는 거의 안 쓰는 것은?" 뭘까요?

이름입니다.
평생 나를 부를 때 사용되지만 정작 나보다 남이 더 많이 부르는 이름.
아이들 이름을 지어보신 분들은 아실 거예요.
좋은 의미의, 부르기 좋은, 예쁜 뜻이 있는,
형제들 이름에 돌림자를 넣어서...... 이유도 다양하죠.

가끔 '과연 내 이름에 부끄럼 없이 살고 있는가?'에 대한 생각을 하다가
풀이만 좋은 이름에 민망해질 때가 있습니다.
오늘 하루는 내 이름에 걸맞은 하루를 보내볼까요.
순박하고(淳), 넉넉하게(裕)!!!

022
귀인

"올해, 동쪽에서 귀인이 나타나서 크게 도와줄 거야."
드라마에서 많이 들어본 얘기죠?
연초 토정비결이나 신문의 운세란에서 나올 법한
'귀인을 만난다.'

'귀인'이란 뭘까요?
국어사전에는
'사회적으로 지위가 높고 귀한 사람'이라고 쓰여 있던데
그 대단한 사람이 나한테 어떤 영향을 준다는 걸까요?

나에게 큰 도움을 주는 사람을 귀인이라 해도
일이 잘 되게 도와주는 고마운 사람도 있고
실패하게 해서 배움을 주는 고마운 사람도 있어서
기준이 모호합니다.

어쩌면 우리가 모르고 있을 뿐,
내 옆에는 오래 전부터 귀인이 있었는지도 몰라요.
소중하고, 귀한 사람.
오늘, 귀인을 만나셨나요?

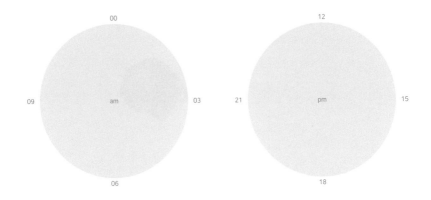

023

웃음이 넘치는

독립해서 혼자 생활하는 분들이
제일 외로울 때가
고단한 하루를 마치고 빈집으로 들어가야 하는 순간이래요.
집안에 있던 사람의 온기,
소박한 상차림에 마주 앉아 먹는 식구의 정이
사무칠 정도로 그립다고.

개인 생활이 많아지면서
같은 집에 사는 가족끼리도
밥 먹는 시간, 집안에 있는 시간이 모두 엇갈릴 때가 많습니다.
그럴수록
함께 보낼 수 있는 잠깐을
더 편하고 웃음이 넘치는 시간으로 만드는 게 중요할 것 같아요.

모처럼 만난 가족들끼리
서로 이해하고 위로하고 응원하고 축하해주세요.
행복한 이야기꽃이 피어나는
설 연휴가 되길 바라봅니다.

골든타임

선물은
모두가 기대하지 않을 때 주는 게 포인트,
낯선 환경에 적응하는 건
새로운 집단에 들어간 직후가 최적기,
질문은 궁금할 때 바로 하는 게 정답이고
칭찬과 위로는 바로 지금이 골든타임이라고 합니다.

골든타임은
원래 긴박한 사건사고가 일어났을 때
인명을 구조할 수 있는
초반의 중요한 시간을 말하는데
우리 인간관계에서도 아주 중요합니다.

어떤 관계는 즉시즉각이
또 어떤 관계는 한 템포 지난 후가
골든타임이거든요.

긴 설 연휴,
어영부영 보내다
이젠 늦었다 싶을 때가
진정한 골든타임일 수 있어요

025
풍연심

전설의 동물 중에 발이 하나있는 '기'라는 동물이 있대요.
발이 하나만 있으니
발이 100개도 넘는 지네를 몹시 부러워했죠.
지네는 발이 없어도 어디든 갈 수 있는
뱀을 부러워했지요.
그런데 뱀은
움직이지 않고도 어디로든 갈 수 있는
바람을 부러워했고
바람은 가만히 있어도 어디든 가는
눈을 부러워했답니다.
눈도 부러워하는 게 있었는데
보지 않고도 모든 걸 상상할 수 있는
마음이었다네요.
재밌죠? 그런데 끝이 아닙니다.
이제는 마음에게 물었어요.
"세상에 부러운 것이 있습니까?"
마음이 가장 부러워한 것은 외발 달린 '기'였다고 합니다.

결국 부러움이 돌고 돌아 원점으로 온 셈이죠.
바람은 마음을 부러워한다...
'풍연심'에 관한 옛날이야기입니다.
세상의 모든 존재는
내가 얼마나 아름답고 소중한지 모른 채
서로를 부러워하나 봐요.
그렇다면 행복한 사람은 내가 가진 행복과
아름다움을 알고 있는 사람이겠군요.

026
나다움

"참 진중한 아이야, 저 사람 참 성실해, 저 친구 참 믿을만하지." 라는 평을 하게 될 때도,
또 듣게 될 때도 있습니다.
물론 잔꾀를 부리거나 입이 가볍다는 평보다는 고맙고 감사할 일이죠.

하지만 때로는 이런 평가나 선입견이 쇠창살처럼 느껴지기도 해요.
칼퇴근하고 저녁모임에 나가고 싶다가도 '나는 성실한 사람이니까 안돼.'
중요하지 않은 문제 정도는 본능으로 결정하고 싶다가도
'아니지. 나는 진중한 사람인 걸.' 마음을 돌리게 됩니다.

결국 성실하고, 진중하고 믿을만하다는 평가가
나를 위한 것이 아니라 그들을 위한 것이 돼버리죠.
남들에게 포장된 모습으로 강요당하는 나 말고 내가 가장 편하고,
익숙한 모습은 어떤 모습인지 알고는 계신가요?

027
틈을 만나러 가는 여행

"여행은 틈이 있어서 가는 것이 아니라, 틈을 만나러 가는 것이다."
아파트 엘리베이터에 붙은 광고카피를 읽고 정신이 번쩍 들었어요.
매일매일이 바쁜 우리는 작은 틈이 보이기라도 하면 어떻게서든 채워보려고 애를 씁니다.

할 일을 채워넣고, 사람을 채워넣고... 하루하루를 그렇게 빈틈없이 채우려해요.
그러다보면 또 되풀이될 수밖에 없죠. '힘들다, 벅차다, 이러려고 사나...'

틈은 스스로 만들어야하나 봅니다.
책장의 책이 가득 채워져 있으면 읽고 싶은 책 한 권을 눈앞에 두고도 빼내기 어려워요.
언제든 넣을 수 있고, 언제든 빼낼 수 있는 한 틈의 여유,
우리에게도 그 여유가 필요한 시간입니다.
빼곡히 채워져있던 한 주의 끝자락, 지금, 그 작은 틈을 만들어볼까요?

028

빌 게이츠의 설거지 사랑

세계 최고의 부자' 라는 타이틀을 가진 빌 게이츠.
빌 게이츠 정도의 자산가라면
집안정리나 청소 같은 일들은
가사도우미에게 맡기는 게 일반적이겠죠?
하지만, 딱 한 가지!
그가 양보하지 않는 게 있답니다.
설.거.지.
가족들과 함께 저녁 식사를 마친 후에...
설거지는 꼭 본인이 한다는데
좀 엉뚱하죠?

설거지를 할 때
따뜻한 물의 온도와 세제의 향기가
뇌의 긴장을 풀어주고 스트레스도 줄여준다는
플로리다 대학 한 연구팀의 발표를 듣고 나니
빌 게이츠의 설거지 사랑이
왠지 납득이 가더군요.

혹시 식사 중이셨다면
서로 설거지하겠다고 다투지는 마세요.

029

뜸들이기

조금 더 빨리 해보려다가 오히려 일을 그르치는 경우가 있어요.
배가 고파서 빨리 먹고 싶은 마음에
달궈지지 않은 불판 위에 고기를 구우면
고기가 불판에 들러붙어서
떼어내는 게 더 귀찮아요.

밥을 지을 때도 마찬가집니다.
다 된 것처럼 보여도
마지막에 뜸 들이는 시간이 꼭 필요해요.
그 몇 분을 기다리지 못하면
설익은 밥을 먹어야하니까요.

주말을 보내고 다시 한 주가 시작됐습니다.
멈춰 있다가
갑자기 전력달리기를 할 수는 없어요.
천천히 프라이팬을 예열하듯이
그리고 된 밥에 뜸을 들이듯이
한 템포 쉬면서 그렇게
몇 분만 더 기다려주기로 해요.

030
하루의 악보

악보대로 연주하는 건 정말 어려워요.
오선지 위의 음표대로,
악상 기호대로 빠르고 느리게,
크고 작게 연주해야 하거든요.

그 중 가장 많이 놓치는 것이 쉼표가 아닐까요?
네 박자 쉼표에서 두어 박자 쉬다 말고
쉴 부분이 아닌데 호흡이 부족해서 몰래 쉬기도 하죠.

하지만
왜 그 마디에서 쉬는 건지
왜 그 부분에서는 쉼 없이 불러야 하는지
노래 파악을 충분히 하고나면
절대 그럴 수 없을 겁니다.

우리의 삶을 악보 위에 그려보면
힘들어도 조금 더 달려줘야 하는 마디와
아무리 바빠도 한 박자 쉬어야하는 마디를
한 눈에 볼 수 있지 않을까요?

우리의 일상도
악보에 충실해야 마지막 마디까지 연주할 수 있을 거예요.

031
지칠 때 힘이 되는 것

한 입시 연구소에서 수험생들을 대상으로
"지칠 때 힘이 되는 것이 무엇입니까?" 조사를 했습니다.

행복한 미래 상상하기,
종교나 신앙의 힘,
좋아하는 음악듣기,
친구와의 시간,
가족들의 응원,
맛있는 것 먹기 등등…….
1위가 무엇이었을까요?

좋아하는 음악 듣기가 28.6%로 가장 많은 답을 얻었고
그 다음이 친구와의 시간,
맛있는 것 먹기의 순서로 나왔대요.
사실 저는 좀 의아했습니다.
식상하더라도 '가족들의 응원'이 1위일 거라고 생각했거든요.
물론, 가족들은 언제나, 항상, 늘 힘이 되어줄 거라는
든든한 믿음이 있어서였을지도 모르지만요.

한 달을 마무리 하는 날입니다.
지치셨나요? 힘드세요?
그렇다면
좋은 음악을 선물해드릴게요.

032
내 얘기를 들려주세요

졸업을 하고, 입학을 기다리고,
취업을 하고, 시험을 준비하고...
해마다 2월은...
많은 변화가 있는 달이죠.

"공부는 잘 하니?"
"취직은 했고?"
이런 질문들이 잔인하고 무례하다는 생각에
나름 신경 써서 다시 고쳐봅니다.
"꿈이 뭐니?"
"뭐 하고 싶어?"

그런데 어쩌면 이런 질문들은
아이들보다 우리에게 더 필요할지 몰라요.
사진을 찍고 싶었고,
글을 쓰고 싶었고,
커피를 내리고 싶었던
이루지 못한 내 꿈은
어디로 갔을까요?

올해는
내 꿈을 더 많이 꾸고,
내 앞날을 더 많이 그리고,
나의 이야기를 더 많이 만들어가는
그런 나의 한 해가 되길 바랍니다.

033
마더스틱

등산객들이 들고 다니는 지팡이같이 생긴 걸 본 적이 있나요?
'마더스틱'이라고 불리는 지팡이인데
'어미 품으로 들어가듯 편히 걸을 수 있게 도와준다.' 는 뜻의 이름이랍니다.
험하고 가파른 산을 나의 두 발로만 오르기가 부담스러울 때
마더스틱을 사용해서
두 발이 아닌 네 발에 체중을 분산시킨다는 거죠.

하지만,
우리가 산행할 때만 힘든 건 아니잖아요?
혼자서는 두렵고, 버겁고, 어려운 일들을 마주했을 때
친구라는 마더스틱,
가족이라는 마더스틱에 기댈 수 있다면
얼마나 좋을까요?
가끔은 나도 누군가의 마더스틱이 되어주기도 하구요.
기댈 품이 필요한 곳곳에
그리고 혼자서는 왠지 자신이 없을 때
조용히 있던 마더스틱이 우리와 함께 해주면 좋겠습니다.

034

Anyway

영어 시간에... 배웠던 여러 가지 단어 중에서
그중에서 억양이나 표정이 생생하게 기억나는 한 단어가 있는데요.
anyway!

직역하자면,
어쨌든, 그런데....
이 정도겠지만....대화 속에서 anyway는... 주로
화제를 전환할 때 많이 쓰이죠.
그건 그렇고, 어쨌든 말야...

답도 없는 일에 괜히 마음을 쏟아 붓고는
먹먹하고, 멍한 하루를 보내는 날이 있어요.
그럴 땐 먼저 호흡을 크게 한 번 내쉬고,
눈썹을 살짝 올리고,
눈동자를 굴려가면서 말해보세요.

anyway!!!
그건 그렇고!!
남은 시간은 잘 보내야 할테니까요!

035
새 신발에 발맞추기

발 사이즈에 딱 맞게 산 신발도...
처음엔 어딘가 불편해요.
발볼이 넓은 사람, 발등이 높은 사람
발 모양도 제각각이잖아요.
신발도 앞코가 뾰족한 게 있고, 발뒤꿈치가 높은 게 있어서
언제나 새 신발을 신을 때는
적응기간이 필요합니다.

남들이 눈치 채지 못하게 조심조심 걸어보기도 하고,
남들이 안 보는 사이에 잠깐 신발을 벗기도 하죠.
그런데 참 신기한 건
그렇게 물집이 생기고, 상처가 날만큼 불편했던 신발이
어느 순간 양말을 신은 것처럼 편안하게 느껴진단 말이죠.
내 발도 신발 모양에 맞춰갔을 테고,
새 신발도 내 발모양에 맞게 늘어났을 거예요.

혹시 나와 맞지 않는 사람 때문에 마음이 힘들다면
새 신발에 적응했던 기간만큼만 참아보는 건 어떨까요?
조심조심 대해보기도 하고,
때로는 피하기도 하고.
그러다보면 어느새 서로에게 가까워져서
불편하지도, 힘들지도 않은 사이가 되어 있을 거예요.

036
뭉친 마음 풀어주기

얼마 전에 새삼 느낀 건데요...
큰일을 하나 치르고 나면 몸을 회복시키기까지 전보다 오랜 시간이 필요하더라고요.
그래서 저녁이면 따뜻한 물에 발도 담그고, 어깨도 마사지해줘야 회복이 되죠.
그런데 하루 이틀 이런 피로가 쌓이면 뭉친 어깨를 풀어내는 데에도
혼자만의 노력으로는 힘들고 결국 온 컨디션이 엉망이 되고 맙니다.

하루하루의 피로를 잘 풀어내야 큰 탈 없이 우리의 일상을 유지할 수 있다는 얘기예요.
매일매일 느끼는 피로의 양이 많지 않더라도 이게 쌓이기 시작하면 회복하기 힘들죠.
저녁마다 뭉친 어깨를 풀어내듯이 매일매일 뭉친 마음도 풀어주세요.
방법이 무엇이든요.
음악이 필요하다면! 바로, 지금입니다.

037

한 살만 어리게 보이기!

어제 한 지인이 저에게 이런 말을 했어요.
"순유 씨의 SNS를 처음으로 알게 돼서 한참을 읽어봤는데
그 중에서 제일 인상 깊은 글이 있었어요.." 라고...
물론 제가 게시물을 올릴 때 전혀 신경을 쓰지 않는 건 아니지만
그렇다고해서 대단히 인상적인 글을 올린 적도 없는데
의아해하면서 얘기를 들었죠.

"오늘의 목표! 한 살 어리게 보이기! 대성공!"

충격이었답니다.
'아, 목표치를 낮게 잡으면 매일매일 행복할 수 있구나!' 하고요.

멋진 말은 아니었지만, 의도한 적도 없지만
누군가에게 자신감을 줬다니 한편으로는 뿌듯했어요.

큰 기대 때문에 마음이 초조하고 답답하다면
이뤄낼 수 있는 작은 목표들을 단계별로 만들어보세요.
하나씩 하나씩 성취해나가는 기쁨이 우리에게 활력소가 되어 줄 겁니다!

date   .   :

038
우리의 속도는?

앞사람 생각은 하지도 않고 후다닥 재빨리 먹는 남편,
누가 쫓아오기라도 하는 것처럼 서둘러 걷는 친구.
한번 말이 시작되면 다른 사람 신경 안 쓰고 쏟아 부어내는 동료.
생각만 해도 피곤하죠? 같이 있고 싶지도 않죠?

우리는 혼자서만 살 수는 없기 때문에
항상 다른 사람의 속도에도 신경을 써야합니다.
밥 먹는 속도, 걷는 속도, 말하는 속도, 일을 처리하는 속도.

차이가 너무 크면 같이 있으면서도 불편하거든요.
한참 맛있게 먹고 있는데 혼자 일어나는 사람이랑 어떻게 밥을 먹겠어요?
주변 구경을 하고 싶은데 앞만 보고 걷는 사람 옆에서는 재미가 뚝 떨어져요.
게다가 나도 할 말 많은데 혼자서만 말을 쏟아 부으면 그냥 마음을 닫게 됩니다.

옆에 있는 사람의 속도를 확인해보세요.
내가 너무 서두르는 건 아닌지 반대로 혼자만 너무 느긋한 건 아닌지.
오늘은 조금 여유를 부려도 되는 날, 금요일이네요.

date   .

039

정월대보름 기왕에 비는 소원이라면

어떤 날은 새초롬하게 어떤 날은 점점 살이 찌는 중이고
그러다 어떤 날은 아무리 찾아봐도 눈에 보이지 않아 궁금하기도 한
참으로 신기하고 반가운 이름입니다.
달.
음력으로 해가 바뀌고처음으로 보름달을 볼 수 있는 날이에요.

정월대보름에 보름달을 보고 소원을 빌면 모두 이뤄진다는 말이 있죠.
그래서 이 추운 겨울밤에도 둥근 달을 바라보며 조용히 소원을 빌곤 합니다.
소원을 빌어서 이뤄진 건지, 내가 열심히 해서 이뤄낸 건지는
아무도 모르지만 기왕에 비는 소원이라면 우리 크게, 넉넉하게 빌어보기로 해요.

040

셀프 몰래 카메라

남들에게는 이미 익숙한 모습인데 내가 나를 보고 깜짝 놀라는 표정이 있어요.
무표정한 얼굴, 좋아하는 사람 앞에서 무장 해제된 한없이 순수한 표정,
무언가에 집중한 듯한 입술, 곤란한 상황에서 코를 씰룩이는 우스꽝스런 표정.

의식하지 못한 채 찍힌 나의 사진에서 처음 발견한 내 모습이
어쩌면 평소에 '나'라고 알려진 내 모습일 수 있습니다.
화난 일도 없는데 성난 사람처럼 보이고 슬픈 일도 없는데 억울해 보이는 게 싫다면
거울 앞에서 표정을 연습해보세요.

보이지 않는 어딘가에서 나의 일상을 찍는 몰래카메라가 있다 생각하고
눈으로 웃으면서, 입 꼬리도 살짝 올려주면서, 그렇게 하루를 보낸다면
나의 하루가 더 즐거워지지 않을까요?

041
무관심에 장사 없다

화초 선물을 할 때
비교적, 부담 없이 고르게 되는 게 선인장일 거예요.
물을 자주 줄 필요도 없고,
관리가 까다롭지도 않아서
세심하지 못한 사람들이 키우기에 제격이죠.
그런데 가끔
무관심이 길어져서
순딩순딩한 선인장마저 시들어버릴 때가 있습니다.

사람도 그런 것 같아요.
혼자서도 잘 견디는 애,
도와주지 않아도 잘해내는 사람,
자존심이 강해서 손길을 건넬 필요가 없는 사람.
혼자서도 잘해낸다는 이유로
아무도 관심을 안 가져주면 상처를 입을 수 밖에요.

알아서 잘해내는 사람에게는
칭찬과 박수를
꿋꿋하게 혼자서 잘해내고 있는 사람에겐
따뜻한 눈길과 마음을.
외워두세요.

date

042

나만의 멋으로 피어나기

한 사람의 인생에서 맞이하는 전성기가 모두 다르듯이
꽃들도 가장 화려하게 아름다움을 뽐내는 시기가 있어요.

추운 겨울에 피기 시작하는 매화는
아름다움과 청초함 그리고 고독한 모습을 모두 보이는 꽃입니다.
같은 매화라고 해도
전국 곳곳에 피어나는 매화는 각각 다양한 색을 지니고 있는데요,
나름 자신만의 멋으로 피어나는 그 모습은 더욱 신비롭습니다.

매화 소식이 점점 가까워지고 있죠?
겨우내 추운 날씨 속에서도, 뿌연 미세먼지 속에서도 봄날을 기다렸다가
활짝 피어나는 봄꽃들처럼 우리도 힘차게 출발해보죠.

043

제일 좋은 순간을 놓치지 말아요

"좋은 소식과 나쁜 소식 중 어떤 걸 먼저 들을래?"
둘 다 듣게 될 소식이지만 잠만은 고민이 됩니다.
저는 좋은 소식부터 들어요.

먹을 걸 고를 때도 당연히 제일 맛있고 예쁜 걸 먼저 고릅니다.
그러다보니 제 앞에는 항상 제일 좋은 것, 그 다음에 좋은 것...
좋은 순서대로 남았어요.

아끼다보면 제일 좋은 순간을 놓칠 때가 많거든요.

젊음도 _____

건강도 _____

사랑도. _____

044
나 좋은 대로 해석하며 살아요

하루 종일 장보고, 다듬고, 요리해서
저녁 밥상을 준비했는데
"나 오늘 회식하고 들어가."
"엄마, 친구랑 밥 먹고 들어갈게요!"
이런 연락받으면 완전 허무해요.

졸린 눈 비벼가며 숙제 다 해갔는데
숙제 검사를 안 하고 넘어가는 것만큼
허무한 일도 없구요.
듬성듬성한 객석을 보며 공연장에서 무대 위에 오르는
가수들이 기운 빠지는 것도 마찬가집니다.

살다보면 허무한 순간이 찾아와요.
하지만
시점을 바꿔 생각해보세요.
나만을 위한 밥상이었고,
숙제를 하는 동안 공부가 되었을 거고,
몇 명 안 되는 팬들에게는
최고의 공연으로 기억될지 모릅니다.

모든 게 내 맘 같긴 힘들어요.
가끔은 방향을 틀어서 나만을 위한 해석을 하는 게
마음 건강에 훨씬 좋겠죠?

045

혼자일때만

식당에서 혼자 밥을 먹기까지
엄청난 용기와 다짐이 필요했던 적도 있었어요.
하지만, 어느 때부터인지
혼자 밥을 먹고, 영화를 보고, 커피를 마시는 정도는
하는 사람에게도, 보는 사람에게도
더 이상 신기한 일이 아니죠.
'뭘 하고 다니느라 끼니때를 놓쳤나?'
'같이 먹을 사람이 그리 없나? 왜 식당에서 혼자 밥을 먹지?'
하는 불편한 시선도 이젠 거의 없어졌습니다.
아마 옆에서 누가 혼밥을 하는지, 혼영을, 혼술을 하는지도
관심을 주지 않을 거예요.

재밌는 사실은 혼자 영화를 보러간 사람은
절대 혼자 앉아있는 사람 옆에 앉지 않고,
혼자 식당에 들어간 사람도 역시
홀로이 밥 먹고 있는 사람 옆에 앉지 않는대요.
혼자 누리는 그 순간의 편안함과 신선함을 이미 알고 있거든요.
여럿이어서 좋은 점들이 분명한 만큼,
혼자일 때만 누릴 수 있는 특별한 즐거움도
마음껏 누려보세요.

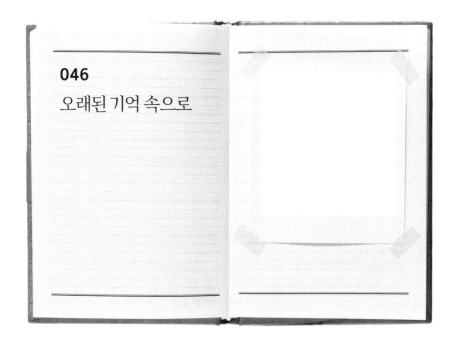

046

오래된 기억 속으로

하루에도 열 번이 넘게 통화하고 시시콜콜한 것까지 다 얘기하는
'얘 없었으면 외로워서 어땠을까?' 싶은 그런 친구.
다들 있죠? 아니 있었죠?

학교를 졸업하고, 직장을 옮기고, 결혼을 하고... 각자의 생활이 달라지면
'우리에게도 그런 날들이 있었지.' 하며 아주 가끔 추억할 뿐입니다.

한번 친해지기는 참 힘든데 조금만 소홀하면 금방 잊어버리는 단순한 동물인가 봐요.
가장 큰 비중을 차지했던 사람들과도 5년, 10년 동안 얼굴 한 번 안보고 살 수 있다니 말예요.

나를 엄격하게 가르치셨던 첫 직장의 상사.
그 밑에서 매일 저녁, 술잔을 기울였던 동료들.

하루가 멀다 하고 들렀던 회사 앞 선술집 주인아주머니.
살다보면 가끔은 켜켜이 먼지가 쌓인 오래된 기억 속의 이름들이 선명해지는 날이 있습니다.

047

Happy Birthday to Radio

테이프나 LP를 사 모으기가 부담스러웠던 학창시절에 마음껏 음악을 들을 수 있게 해준 건
바로 라디오였어요.

8·90년대 모습을 고스란히 그려낸 드라마에서도 조용한 밤,
지직거리는 주파수를 맞춰가며 라디오를 듣는 장면이 빠지지 않습니다.
'라디오' 라는 기계가 있는 친구네 집에 모여
오늘은 어떤 이야기와 어떤 노래들이 나오는지 귀를 기울였죠.

오늘이 바로 우리나라에 라디오 전파가 처음으로 송출된 지 90년이 되는 날이라고 합니다.
1927년 2월 16일.
경성방송국을 통해 처음으로 시작된 라디오 방송이 오늘로 90돌을 맞았습니다. (2017년 기준)

세월이 흐르면서 라디오를 들을 수 있는 방법도 다양해지고 그 안에 담긴 내용도 화려해졌지만
여전히 라디오의 역사를 쓰고 있는 건 지금도 방송을 듣고 계신 여러분입니다.
36.5도의 따뜻한 체온이 느껴지는 기계, 오늘도 우리에겐 라디오가 있습니다.

048

하고 싶은 일 하나쯤은

주말도 없이 바쁘게 일하면서
한 달에 한 번 빠지지 않고
사회인 야구단에 나가는 남자가 있어요.
밥도 못 먹고, 잠도 덜 잤지만
야구를 하는 그 시간이
세상 제일 짜릿하다고 합니다.

그 사람의 야구처럼
요리가, 춤이, 그림이...
우리의 인생을 더 맛있게 해줄 거예요.
똑같은 일에 지쳐서
피곤을 얼굴에 붙이고
권태로운 날들을 보내기보다
조금 부지런해지더라도
하고 싶은 일 하나쯤은 즐기며 사는 게
재미있지 않나요?

취미가 있다면 마음껏 즐기세요.
시간이 없어서,
돈이 들어서,
같이 할 사람이 없어서 못한다는 건
너무 억울하잖아요.
어쩌면 내가 무엇을 좋아했었는지조차
잊었을 수도 있죠.
가만히 떠올려보세요.
두근두근 열정이 살아날 겁니다.

049
남과 여

자라온 환경이나 집안 분위기가 다른
남자와 여자가
사랑을 하고, 결혼을 합니다.
여기까지는
만나면 좋고, 헤어지기 싫어서
'결혼하자!' 할지 몰라도
함께 산다는 건 또 다른 얘깁니다.
절대 이해불가의 상황이 벌어지기도 하고,
정작 두 사람의 문제보다
그들을 중심으로 한 집안의 일로
다투게 될 때도 있어요.

"여자가 남자를 사랑할 때는 덜 사랑하고, 많이 이해하라.
그리고 남자가 여자를 사랑할 때는 덜 이해하고, 더 많이 사랑하라."

어느 글에선가 읽은 문장인데
남녀 간의 관계에만 해당되는 말은 아닌 것 같습니다.
매일매일 만나는 사람사이도
더 이해해주고 더 사랑해준다면
어떤 매듭이라도 술술 풀어낼 수 있지 않을까요?

050
목소리에도 첫인상이 있어요

사람을 처음 만났을 때...
첫인상을 좌우하는 요소들이 있죠.
저는 중요하지 않은 일상적인 대화를 나누면서
그 사람의 목소리를 듣는 편이예요.

목소리나 말투만큼
그 사람의 성격을 잘 드러내는 것도 없거든요.
성격이 급하면
말하는 속도가 빨라질 수밖에 없고,
그러다보면 남의 말을 가로채는 일이 잦아져요.
반응이 느리고 남 일에 큰 관심 없는 사람들은
말수가 적지만 굳이 끼어드는 법이 없습니다.
또 중저음의 음성을 가진 사람들한테는
왠지 고민을 털어놓고 싶은 묘한 끌림이 있고,
하이 톤의 음성을 가진 사람 앞에서는
괜히 기분이 좋아져서 대수롭지 않은 얘기에도 웃음이 납니다.

소개팅을 나가기 전,
고민고민해서 옷을 고르고 헤어스타일에 신경 쓰는 것처럼
목소리 첫인상에도 관심을 가져보세요.

051

라디오 DJ란 직업은

한 라디오 피디는 자신의 책에 이런 말을 남겼습니다.
"라디오 PD로 살아간다는 것은 방송현장이라는 전장에서
이름 모르는 새들의 노랫소리를 따라 부르고
영롱한 별빛에 눈물짓는 일이다."

처음엔 어렵게 느껴졌는데 몇 번을 되읽다보니
어렴풋하게나마 알겠더라고요.

라디오DJ 라는
제 직업에 대해서도 생각을 해봤습니다.
말을 많이 해야 하는 직업이라고들 생각하시지만
사실은 남의 말을 더 많이 들어줘야하는 직업이죠.

아이들을 가르치는 선생님들도
아이들에게서 위로받고, 깨달음을 얻는 경우도 많다고 합니다.
어떤 직업, 어떤 자리든 한 방향으로만 흐를 순 없어요.
주고받고,
말하고 듣고...
서로 영향을 주고받으면서 어우러지는 거 아닐까요?

052
외로운 속마음

풍족하고 넉넉한 게 좋은 거라고 여기던
어르신들은 명절날 친척들이 돌아가는 길에
음식을 한가득 싸주시곤 했어요.
그렇게 한 집 두 집 나눠주고 나면
정작 우리 가족이 먹을 건 얼마 안 남더라도
절대 야박하게 빈손으로 돌려보내지 않으셨죠.
친구가 집에 놀러오면
있는 반찬 없는 반찬 다 꺼내서
따뜻한 밥 한 공기로 대접했던 후한 인심,
그런 인심을 보고 자랐는데
지금은 세상이 많이 바뀌었어요.

남의 집에 가더라도
끼니때는 피해서 가는 게 예의고
먼저 베풀고 싶어도
상대방이 부담스러울 수 있으니
그냥 못 본 척 하는 게
더 현명한 거라잖아요.

그래서일까요?
가끔은 북적북적한 사람들 틈에서도
외롭다는 느낌이 들 때가 있습니다.
남들에게 들킬 수 없는 내면의 외로움은
어떤 걸로 채울 수 있을까요?

053
애물단지

식기세척기만 있으면 부엌일이 확 줄어들 것 같았는데
막상 식기세척기를 장만해도 손 설거지를 더 많이 해요.
세탁 건조기만 있으면 빨래 정도는 일도 아닐 것 같았는데
막상 건조기가 있어도 빨래를 개어주지는 않습니다.
비싸게 돈 주고 샀다고 해서 그게 꼭 큰 도움을 주는 건 아니죠.

옷걸이 대용으로 사용하고 있는 러닝머신, 냄비 보관함으로 쓰고 있는 오븐,
봄이면 미세먼지 때문에 여름이면 더워서 타지 못하는 자전거.
집집마다 자리만 차지하고 있는 물건들, 많죠?

사용하지 않을 걸 알면서도 버리지도 못하는 이도저도 아닌 물건들처럼
인연이 아닌 사람들 틈에 끼어서 나의 소중한 시간을 낭비하며 사는 건 아닐까요?

054
설레지 않아도 괜찮아요

진짜 못생겨서 싫던 얼굴도 자꾸 보면 정들고,
까칠해서 정말 싫던 사람도 자주 만나면 무뎌져요.
낯선 것들이 익숙해진다는 건 나에게 스며들었다는 것 아닐까요?
심장이 요동치는 설렘도 좋지만,
사람도, 사물도 익숙하고 편안해야 정이 갑니다.

누군가와 함께 있는 지금 이 순간이 너무 설레거나 떨리지 않아도 괜찮아요.
그만큼 익숙하고, 그만큼 편하고,
그만큼 우리는 서로에게 빠져있다는 거니까요.

055

행복칼로리

맛있는 음식을 먹을 때 행복하고
좋아하는 사람을 만나고 있는 동안 행복하고
멋진 영화를 보고나서도 행복합니다.
'행복 칼로리' 라는 말 들어보셨어요?
어떤 일을 했을 때 얻어지는 '행복의 양'을 뜻하는 말이래요.
그 순간이 얼마나 즐거웠는지,
그 경험이 어떤 의미를 남겼는지...

얼마큼 행복했는지에 따라
행복 칼로리가 높은 순위를 조사해봤답니다.
행복 칼로리가 가장 높은 활동은
바로 여행!
먹고 이야기하고 노는 행동이 한꺼번에 일어나기 때문이죠.

여행을 한다는 것만으로도
행복 칼로리를 높일 수 있다면
지금보다는 좀 더 자주 여행을 떠나야하지 않을까요?
꼭 먼 곳이 아니더라도
계절마다, 그 계절을 가장 잘 느낄 수 있는 곳으로
훌쩍 떠나보세요.

056
대화의 오프닝

처음 보는 사람한테도 이 얘기 저 얘기...
금방 친해지는 사람들이 있어요.
"내일부터 추워질 거라는데요?"
"어머, 옷 색깔이 잘 어울리시네요."
마치 알고 지냈던 사이처럼
아주 자연스럽게 대화를 이끌어내죠.

하지만, 모든 사람이 그러진 못해요.
통성명하기까지 일주일,
자판기 앞에서 커피 한 잔 마시기까지 수개월...
낯가림이 심한 사람들은
새로운 만남 앞에 늘 힘듭니다.

공통의 화제를 하나 골라보세요.
누구나 알만한,
누구나 관심 가져볼 만한
그런 주제 있잖아요.
예를 들면
최근에 본 영화이야기,
내일 날씨,
주말에 본 예능 프로그램 이야기도 좋겠네요.
어렵지 않게 대화의 문을 열고나면
그 다음부터는 저절로 술술 풀릴 겁니다.

057
같지 않더라도

사랑을 약속할 때
같은 곳을 바라보며 평생 함께 하겠다고 말하죠.
'우린 정말 잘 맞는 커플이야.' 라는 걸 뽐내려고
카페에서도 옆자리에 나란히 앉는 게 유행인 적도 있었어요.

같은 취향의
같은 패턴의 생활을 하고,
인생의 목표도
같은 곳을 바라본다...
이게 말처럼 쉬운 일일까요?
같은 방향을 바라보고,
같은 목표를 향한다는 게
꼭 정답일 리도 없고요.

서로 다른 속도로 움직이는
시침, 분침, 초침이 겹쳐지는 시각이 있는 것처럼
다른 취향이나 다른 속도로 살아가는 사람들도
겹쳐지는 일치점이 있을 수 있을 겁니다.
있는 그대로의 모습을 인정해주고
포장되지 않은 나의 모습 그 자체를 살아가는 것.
생각만 해도 멋진 인생입니다.

058
너무 진하지 않은 향기를 품고

흥미로운 영상물에 눈길이 더 가고
자극적인 전자음에 귀가 더 솔깃합니다.
거기에 화려한 조명까지 더해지면
세상이 얼마나 재밌고 신기한지 몰라요.
그러다 어느 순간에는
아무 것도 안했는데 지치더라고요.
혼자 아무 일을 안 해도
냉장고, 정수기 돌아가는 소리가 들리고
눈 좀 붙이려고 해도
가습기, 공기청정기에 전원 들어오는 불빛이 방해해요.
클릭 한 번으로 모든 걸 할 수 있는
빠름의 세상에서도
좋은 점 못지않게 피곤함을 느낍니다.
여유가 필요해요.
그리고 쉼이 필요해요.
기다림이 필요하고,
은은함이 필요하죠.

차 한 잔 어떨까요?
물을 끓여서 찻잎을 띄우고
은은한 향과 맛이 우러나올 때까지 기다린 후
그제야 찻잔에 입을.
'너무 진하지 않은 향기를 품고...♬'
노래 가사처럼
오늘은 차 한 잔의 여유, 어떠세요?

059

진동벨

손님이 많은 커피 전문점에서 음료를 주문하면
진동벨을 주죠.
자리에서 기다리다가 진동벨이 울릴 때
주문한 음료를 받으러 가면 됩니다.
그런데, 진동벨 말고 이름을 불러주는 곳도 있어요.

음료를 주문할 때 이름을 물어보고,
음료컵에 손님의 이름을 표시하는 거죠.
주문한 음료가 다른 손님의 것과
바뀔 일이 없다는 장점도 있지만
낯선 곳에서 내 이름이 불려진다는 짜릿함도
꽤 신선한 경험더라고요.

김 과장!, 이 선생! 말고
김행복! 이사랑! 이름을 부르면
한 걸음 더 가까이 있는 느낌이 들어요.

우리도 서로 한 걸음 앞으로 다가와서
오늘은 두 걸음만큼 가까워지기로 해요.

저는 쑨D, 황순웁니다.

059+1

울다가 웃다가

"1월은 길고 2월은 짧다"
속담이나 명언이라고 하기에는
너무도 당연한 말이죠.
1월은 31일까지 있고
2월은 28일
길어야 29일까지 있으니까요.

긴 달이 있으면 짧은 달도 있다.
좋은 날이 있으면 나쁜 날도 있다.
이런 날도 있고, 저런 날도 있다.
결국 인생은 돌고도는 법이다.
이것만큼 맘 편한 소리가 또 있을라고요.
주저앉아 우는 날이 있으면,
으쓱하는 날도 있겠죠?
하루에도 몇 번이고
울다가 웃다가 하는지 모르겠어요.

060
여행 파트너

누군가와 함께 여행을 떠난다면
어떤 사람이 좋을까요?
나와 취향이 잘 맞는 단짝 친구도 좋고,
꾸미지 않아도, 뭘 해도 괜찮은 가족도 괜찮죠.

이런 여행파트너는 어떨까요?
함께 떠나지만 각자의 일정을 즐기는
독립적인 파트너!
여행 기간을 모두 같이 보내는 게 아니라
각자 좋아하는 음식, 좋아하는 장소를 따로 즐겨도 상관없는 사람.

어쩌면 여행 뿐 아니라 우리의 인생도 그럴지 모릅니다.
긴 여정을 함께 할 사이일수록
각자의 영역과 공유하는 영역을 지켜줘야 할지도요.
지금 우리의 관계처럼.

1.
2.
3.
4.
5.
6.
7.
8.
9.
10.

061

모두가 같은 마음으로 응원합니다

학생 때는 교장 선생님의 훈화가 참 지루했어요.
마지막으로, 마지막으로... 하면서 끝날 듯 끝나지 않았거든요.
결혼식장에서도 마찬가지였습니다.
빨리 사진도 찍고, 맛있는 밥도 먹고 싶으니 긴 주례사가 귀에 들어올 리가요.

제가 어른이 되고, 선배가 되고, 학부모가 되어보니
이제는 그들의 마음을 이해합니다.
학생들에게 좋은 말씀을 해주고 싶었던 교장선생님,
신혼부부에게 인생의 거름이 될 얘기를 전하고 싶었던 주례선생님.
모두 같은 마음 아니었겠어요?
잘 해보라고 힘들겠지만, 그래도 잘해보라고.

전국의 초, 중, 고등학교에 오늘 입학식이 있었습니다.
말씀은 모두 달라도 핵심은 단 하나!

"여러분의 새 출발을 진심으로 응원합니다!"

062

누가 알아주지 않더라도

따뜻하다 싶으면 미세먼지로 힘들고
하늘이 맑다 싶은 날은
아직 겨울바람이 남아있는 3월입니다.
아침저녁은 더 쌀쌀해서 봄이 멀리 있는 줄 알았는데
아파트 화단에 핀 보랏빛 꽃을 봤어요.
땅 속에서부터 올라오는 초록색 잎사귀도 함께요.

봄은 낮은 곳으로부터 온다고 하죠?
허리를 숙여야 보이는 낮은 곳에서부터
우리도 모르는 사이 봄이 시작됐습니다.

누가 알아주지 않아도 자기 본분을 다하는
봄꽃, 봄새싹, 봄바람...
고맙고 반가운 봄소식에 마음이 두근거리네요.

063
숨은 그림 찾기

작년에 히야신스라고 하는 작은 화분을 선물 받았어요.
한참을 예쁘게 키웠는데
일이 바빠지면서부터 관리가 소홀해졌고
날씨도 추워지면서
점점 시들어 갔죠.

엊그제
베란다에서 은은한 향기가 나기에 들여다봤더니
히야신스에 연분홍 꽃이 피어난 거 있죠.
바쁘다는 핑계로 겨우내 눈길 한 번을 주지 못하고
화초 키울 체질은 못되는구나 싶었는데
제자리에서 피어난 히야신스가 얼마나 가여웠는지 몰라요.
물론 미안한 마음도 컸죠.

살아있는 모든 것에는 소중한 생명이 있습니다.
저에게 한 번 더 기회를 준 히야신스,
앞으로는 더 사랑해주려고 해요.
집안 구석구석에, 동네 곳곳에
손길과 눈길을 기다리는 무언가가 있을 겁니다.
주말 저녁,
오늘은 그런 숨은 그림들을 찾아보세요.

064
뭘 해도 좋은 봄날

봄날은
데이트하기 딱 좋은 날이죠.
물론 가족들과 여행가기에도 딱 좋은 날이고
동네 산책을 하기에도 이만한 날이 없죠?
무작정 친구를 불러내서
영화 보고, 수다 떨기에도 딱입니다.

그러고 보면
봄날은 뭘 해도 좋은 날인가봅니다.
오늘 어떻게 보내셨어요?

01 _____

02 _____

03 _____

04 _____

05 _____

06 _____

07 _____

08 _____

09 _____

_____

_____

_____

065
아기다리고기다리던주말

군대 간 애인을 기다리는 일,
수백 날을 어찌 기다리나 싶지만
제대까지 기다린 여자들 얘길 들어보면
별 거 아니었대요.
처음엔 하루가 1년 같이 길었지만
어찌어찌 하다 보니 2년은 금방 지나가더라고.

우리도 느끼죠?
연말이다, 새해다 싶었었는데
어느 새 3월이고, 봄이고.
시간은 정말 금방 지나가는 것 같아요.

희한한 건
10년보다 1년이 더 길고
1년보다는 한 달이 더 길게 느껴진다는 거예요.
이번 한 주는 어떠셨어요?
손꼽아 주말이 오기만을 기다리지는 않으셨는지요.
그렇다면
기다리고 기다리던 주말은 마음껏 누리세요.

066

3월에도 잘할 수 있죠?

길을 걷다가 놀이터 벤치에 앉아서
아무 생각 없이 비둘기 쳐다보기.
나뭇가지에 피어난 나뭇잎 중에서
제일 파릇하고 매끈한 이파리 찾아내기.
한두 정거장 거리는
버스 말고 걸어 다니기.

날씨가 풀리면 빨리 해보고 싶은 일들이었어요.
따뜻한 봄날을 기다렸습니다.
그리고
새로 시작할 3월도 기다렸죠.

우리 3월에도 잘해볼 수 있죠?

S _____

M _____

T _____

W _____

T _____

F _____

S _____

067

일상의 포인트

어제가 오늘 같고, 내일도 오늘 같은 그저 그런 하루가 이어집니다.
물론 큰일 없이, 무탈하게 보내는 하루는 참 감사한 일이지만
때로는 지루하고 너무 단조롭다는 느낌이 들기도 해요.
거실 탁자 위에 노란색 후리지아 한 단을 장식해보세요.
집안에 들어섰을 때, 거실을 지날 때마다, 눈에 확 띄는 샛노란 색이 기분을
화사하게 해줄 겁니다.
자동차 운전석 앞에 청량한 페퍼민트 방향제를 달아보세요.
차 문을 열었을 때, 그리고 운전하는 내내 정신이 맑아질 걸요?
밋밋한 하루에 활력과 생기를 주는 포인트!
하루가 푸석푸석한 어느 날에 전환점이 되어줄 겁니다.

068
제일 약한 부분이 먼저 아파요

유기농 와인을 만드는 포도밭 주위에는
아름다운 장미꽃이 있대요.
포도밭 주인이 장미를 좋아해가 아니라
꽃이 포도밭을 지켜주기 때문이랍니다.

농약을 쓰지 않는 포도나무에
가장 큰 골칫거리는 병충해인데
병충해에 가장 취약한 나무가 장미나무인 거죠.
그래서 포도밭에 병충해가 생겼다면
장미나무에 가장 먼저 신호가 와서
다른 나무들에게 퍼지기 전에
재빨리 조치를 취할 수 있다는 겁니다.

우리 몸도 그렇습니다.
나에게 가장 취약한 부분에 제일 먼저 이상이 생기거든요.
눈이 시리고,
머리가 지끈거리고,
손발이 저리는 작은 신호를 놓치고 나면
온몸이 아프고, 병이 납니다.
제일 약하다고 만만하게 여기지 말고
제일 먼저 살펴보고 챙겨주세요.

069

Face up

소극적인 사람들끼리 늘 하는 말이 있어요.
"뭐 하러 주목받아?" "굳이 나설 필요 없잖아."
힘들고 궂은일을 함께 하고나서도 굳이... 자신의 공을 드러내지 않습니다.

그러다 가끔은 억울해지기도 하죠.
'나도 같이 한 일인데...' '내가 낸 아이디어였는데...'
아쉽고, 속상하고, 억울합니다.

오른손이 한 일을 왼손이 모르게 하라는 성인군자 같은 말로는 부족하지 않나요?
스스로 드러내고 돋보이려 하지 않으면 희미해지는 일들이 생각보다 많아요.

편의점이나 마트에 상품이름이 잘 보이도록 진열하는 페이스업!
우리에게도 필요하지 않을까요?
드러내지 않으면 존재감마저 사라져버리는 세상
'저, 여기 있어요! 그거 제가 했어요!' 라고 말하세요!

070

온라인 이사

살던 아파트 옆 동으로만 이사하더라도 똑같이 짐을 싸고, 이삿짐센터가 출동하고,
사다리차가 오르내리죠.
하물며 동네를 떠나는 이사는 물리적인 이동만 힘든 게 아닐 거예요.
익숙하게 다니던 동네 과일을 새로 찾아야하고 마트, 책방, 꽃집, 커피숍...
하나부터 열까지 다 새로 인연을 맺어야합니다.

스마트 폰을 새로 바꾸면서 '이거, 이사만큼 만만치 않네!' 하는 생각이 들었어요.
연락처와 사진 정도는 쉽게 옮길 수 있다해도 SNS 로그인, 잠금패턴 설정,
또 모바일뱅킹 공인인증과 같은 잔일들이 많죠.

새로운 환경에 빨리 적응하고, 어렵지 않게 새 시스템을 익히고, 금방 친숙해지는 것.
어쩌면 요즘 시대가 필요로 하는 새로운 능력일지도 모르겠습니다.

071

대화의 더치페이

요즘은 친구들끼리 만나 맛있는 식사를 하거나 마음 맞는 동료들끼리 술 한 잔 할 때도
그리고 데이트를 할 때조차도 더치페이 하는 것이 전혀 어색하지 않습니다.

그런데 유난히 이 1/N 문화가 지켜지지 않는 분야가 있어요. 바로 대화.
팀원들끼리 회식을 하거나 명절날 가족들이 모인자리를 곰곰이 되돌아보세요.
말 수에 있어서도 1/N이 지켜지던가요?

내 말이 너무 길어졌다... 싶을 때는 적당히 커트! 할 수 있는 센스.
내 말은 하나 없이 남의 말만 들었구나... 싶을 때는 분발하는 센스!
대화량에도 1/N을 지켜보세요.

마음을 움직이는 달

새로운 일정이 생길 때마다 다이어리에 적어요.
스마트폰 안에 달력 앱이 있긴 하지만
아직은 손으로 직접 쓰고 달력을 펼쳐보는 게
훨씬 익숙하거든요.

3월이 빠르게 지나고 있습니다.
새로 시작한 일들을 정신없이 쫓다보니
하루하루, 한 주 또 한 주 잘도 가죠?

인디언들은 3월을
'마음을 움직이게 하는 달,
한결같은 것은 아무것도 없는 달,
연못에 물이 고이는 달'
이라고 부른답니다.

우리의 3월도
더 나아지고 싶어서
더 괜찮아지고 싶어서
조금씩 움직이고 있는 거겠죠?

073

봄의 소리 왈츠

아침 10시.
동네 산책을 했어요. 여기서 찰칵, 저기서 찰칵.
예쁜 꽃을 찍는 소리가 들렸죠.
낮 1시.
앞에 가는 커플이 떨어지는 벚꽃 잎을 잡으려고
손바닥을 펴고 가만히 꽃잎을 기다리는 게 어찌나 예뻐 보이던 지요.
오후 3시.
교복을 입은 중·고등학생들이 와르르 쏟아져 나오면서
시끌벅적 까르르 웃음소리가 떠나지를 않았습니다.
그리고 곳곳에 자유롭게 뛰어다니는 강아지 발소리까지.

이 모든 게 봄의 소리구나 싶었어요.
곳곳에서 들려오는 다양한 봄의 소리들...
여러분 마음에도 도착했나요?

074

니 생각이 났어

"지금 나올래? 잠깐 얼굴이나 볼까?"

아무 부담 없이, 앞뒤 재지 않고 만날 수 있는 사이. 참 좋죠.

날씨가 이렇게나 화창한데, 꽃이 이렇게나 예쁜데,
봄바람이 이렇게나 보드라운데, 혼자 즐기기엔 아깝잖아요.

지금 문득 생각나는 사람한테 데이트 신청하세요. 혹시 알아요?
그들도 나의 전화를 기다리고 있을지 몰라요.

075
미루지 말고 홀가분하게!

별것도 아닌데 괜히 하기 싫은 일들이 있잖아요.
주차위반 범칙금을 내는 일,
썩 편한 사이가 아닌데 안부를 전해야하고
아프지 않은데 정기적으로 건강검진을 받는 일처럼
크게 어렵진 않아도 자꾸 미루는 일들.

하지만
괜히 미루다가 때를 놓치고서야 후회합니다.
하기 싫은 일일수록
빨리 끝내야 마음이 편해요.

생각해보세요.
괜히 미루고 있는 일들이 있을 거예요.
지나고 후회하지 말고, 지금 바로 끝내버릴까요?
마음이 홀가분해질 겁니다.

봉쥬르!

긴 생머리를 날리며
자전거를 타고 내게로 오는 장면,
남자들의 이상형 속에 자주 등장하는 모습입니다.
꼭 내게로 오지는 않더라도
그냥 멀리서 지켜보기만 해도
마음 설레는 장면일 테죠.

자전거와 가장 잘 어울리는 봄날입니다.
자전거 페달에 발을 올리고 밟다보면
포근한 바람을 가르는 사이 흐르던 땀은 어느새 말라버리고
숨 가쁜 호흡마저도 기분 좋게 느껴지죠.
동네 곳곳에 묶인 채로 겨울을 난 자전거들이
이제 겨울잠에서 깨어날 때.

영화 '인생은 아름다워'의 로베르토 베니니가
출근길에 자전거를 타면서 "봉쥬르~!"를 외쳤던 것처럼
'일 포스티노'의 우체부 마리오가
자전거에 싣고 오는 편지처럼
반가운 일이 생길 것만 같은
설레는 봄날이네요.

Bonjour

077
고장 나기 전에 틈틈이

목감기로 병원에 가면 뻔한 말을 들어요.
틈틈이 따뜻한 물 챙겨 마시라고.
얼굴이 푸석푸석해서 피부 상담을 받으면
생각날 때마다 마스크 팩이라도 붙이고 있으래요.
고운 손을 위해서는
중간중간 핸드크림을 발라주고,
한꺼번에 폭식하지 않으려면
미리미리 조금씩 먹어둬야 한다는 것쯤은
잘 알고 있는 사실입니다..

그러고 보니
어느 것 하나도
한꺼번에 많이 하라는 주의사항은 없네요?
핸드크림 한 통을 한꺼번에 쓰는 것도,
마스크팩 100장을 붙이고 눕는 것도
근본적인 문제를 해결해주지는 않거든요.
뭐든지
고장 나기 전에 조금씩,
생각날 때마다 틈틈이.
먼저 신경써주는 게 중요합니다.

078
예쁜 말들이 모두 모인 날

참 희한하기도 하죠.
해마다 봄 날씨가 시작되는 때도 다르고,
꽃이 피는 시기도 차이가 나지만
신기하게도
벚꽃이 예쁠 무렵에
어김없이 봄비가 내립니다.
그래서 꽃구경을 하지 못한 이들의 마음은 불안해져요.
비가 그치면 벚꽃이 다 떨어질 테니까요.

해마다 똑같이 겪는 일이지만,
봄밤을 환하게 물들이는 벚꽃은
짧게 왔다가는 것 같습니다.

오늘 보니까
비에 젖은 벚꽃 잎은 또 다른 싱그러움이 느껴지던데요?
예쁜 단어들이 모두 모인 날입니다.
봄, 밤, 비, 벚꽃.

079

간판 없는 식당

가게를 차려본 적이 있는 분들은 아실 테지만
어떤 업종을, 어느 지역에서,
어느 정도의 규모로 할 것인지에 대해 결정하고 나면
그 다음부터는 가게 이름을 어떻게 지을지,
어떤 디자인으로 어떤 색깔로 간판을 달지
외관으로 드러나는 부분을 고민하게 되죠.

이런 선입견을 깨고
아예, 간판을 달지 않는 식당들이 생겨나고 있답니다.
그야말로 감춰서 더 궁금해지는 '간판 없는 식당'인 거죠.

간판도 없이, 무슨 메뉴를 파는 지도 모른 채
비밀의 문을 열고 들어가면
일본식 가정집이 나오기도 하고, 이탈리아 식당이 나오기도 한답니다.
무척 흥미롭고 신선하고 재밌지 않나요?

080

Rock your socks!

3월 21일,
오늘은 '세계 다운증후군의 날'입니다.
21번 염색체가 3개 있다는 걸 의미하는 날짜인데요.
Rock your socks!!
멋진 양말을 신고 뽐내!
다운증후군 홍보 캠페인의 문구처럼...
각자의 다름을, 특별함으로 인정할 수 있는
열린 세상을 꿈꿔봅니다!

081

걷다, 함께

따뜻해지는 봄기운이 느껴지면서 움츠렸던 몸을 슬슬 움직여보고 싶었어요.
아직은 코끝에 찬바람이 스치지만 가벼운 옷차림, 가벼운 신발을 신고
여유롭게 걷고 싶어졌습니다.
걷는다, 함께 걷는다는 건 생각보다 쉽지 않아요.
걸으면서 이야기 나눌 수 있는 공감대가 있어야 하고,
적당한 농담을 주고받을 수 있는 사이, 어느 한 쪽이 불편하지 않게
걸음걸이의 속도도 맞춰진 사이라면 좋겠죠.
봄의 한 장면을 그려봅니다.
그 안에는 목적지 없이 느린 걸음으로 함께 가는 두 사람이 있어요.
이름 없는 작은 공원, 가본 지 너무 오래되었지만...
가본 지 오래된 추억의 장소도 좋아요.
어느 봄날의 저녁, 함께 걷기 좋은 친구와 걸어보세요.

힘빼기 법칙

누가누가 더 높은 음까지 올라가나,
누가누가 더 힘 있게 노래를 부르나?
이보다 더할 순 없다! 고 생각했지만
최고를 뛰어넘는 또 다른 최고가 나오기 마련이죠.
그래서인지 오히려
한 번도 노래를 잘 부르려한 적이 없는 것처럼,
힘 빼고 조곤조곤 부르는 노래에 더 귀 기울여집니다.

힘을 빼야하는 순간이 있어요.
처음 시작할 때는 하나하나 신경 쓰고, 한 땀 한 땀 계산하고 긴장에 또 긴장을 해야
겨우 남들만큼이라도 해내겠지만
계속 그렇게 힘이 들어가면
나도, 상대방도 부담스러워요.

긴장 풀고, 힘 빼고...
그저 반복되는 일상의 흐름처럼
자연스러워야 하죠.
사람 사이에서도 필요한 공식,

기억하세요!
힘빼기 법칙.
가볍고 부담 없는 사이여야
오래 갈 수 있습니다.

083

오늘은 연둣빛!

하루를 색깔로 표현할 수 있다면

어떤 색들이 어울릴까요?

아침,

몽롱한 정신으로 하루를 여는 때는

복숭앗빛 어때요?

햇살이 쨍! 하고 뜬 날에는

선명한 하늘색 느낌도 좋고,

팝콘 같은 절정기는 지났지만

그래도 아직 설레는 꽃송이,

벚꽃을 보며 연분홍색을 떠올렸어요.

그리고 오늘

저의 눈에 가장 많이 들어왔던 색은

연두였습니다.

맑고 여리고, 투명하리만큼 청초한 연두.

오늘,

저의 봄날은 연두빛이예요!

084
21세기 행운의 편지

『이 편지는 영국에서 시작되었습니다.』 더 이상은 읽지 않겠어요. 뭔지 아시죠?

제가 어릴 때도 있었고, 어른이 되어서도 행운의 편지는 한참을 돌았어요.
그런데 얼마 전, 초등학생 저희 아이가 이걸 읽고 있더라고요.
하지만, 세상이 변하고, 기술이 발전했다는 걸 다시 한 번 느꼈답니다.
손글씨로 100장을 쓰던, 먹지를 대고 50장으로 줄이던,
복사기를 돌리던 그 시절의 우리와는 다르게 요즘 아이들은
'복사하기-붙여넣기' 아주 간단하던 걸요?
행운의 편지 100통을 집집마다 다니며 우편함에 넣었던 어릴 때 기억이 많이
나더군요. 세상은 점점 진화하고 있어도 유행은 돌고도나봅니다.

085

함께 여행 떠나면 좋은 사람

즐거운 여행을 계획할 때 최우선으로 꼽는 게 사람마다 다를 거예요.
여행지, 경비, 여행목적...
하지만, 모두가 공통적으로 손꼽는 것은 바로 '누구와 함께 갈 것이냐?' 아닐까요?

얼마 전 신문에 '함께 여행을 떠나면 좋을 사람'에 대한 내용이 실렸습니다.

낯선 여행지에서도 어디든 안내해주는 인간 네비게이터형,
매일 색다른 현지 음식을 찾아내줄 미식가형,
'남는 건 역시 사진!'이라며 인생사진을 찍어주는 포토그래퍼형,
번역기에 의존하지 않아도 척척! 외국어로 대화가 가능한 통역사 유형까지...
여러 유형의 여행 친구를 적어놓았더라고요.

"인생은 긴 여행이다." 라는 말이 있죠.
좋은 친구와 함께 하는 인생여행이라면 외롭지도, 힘들지도 않을 거예요.

☑ Check List

1.	☐	6.		☐
2.	☐	7.		☐
3.	☐	8.		☐
4.	☐	9.		☐
5.	☐	10.		☐

086
봄날의 모든 꽃들을 여러분께 바칩니다

눈길이 닿는 곳마다 예쁜 꽃들을 만나는 봄날입니다.
봄꽃이 피어나는 데에도
원래 차례가 있고, 순서가 있는 법이래요
산수유, 개나리, 진달래, 목련과 벚꽃...
하지만 제 기억 속의 봄꽃들은 한꺼번에 피어나서
마치 한날한시에 화려한 꽃 축제를 여는 것 같아요.

온갖 봄꽃들이 산천에 피어나
아름다운 봄날을 즐기기에 딱 좋은 날들,
얼마 전 제가 받은 인사를 여러분께 그대로 전해볼게요.
"이 봄날의 모든 꽃들을 여러분께 바칩니다!"

087

좋아하는 일이라면 오래 해

새로운 분야의 일을 만들어내고, 그저 좋아한다는 일이라는 이유로, 꼭 남겨둬야 할 가치가 있는
일이라서 한 가지 일에 몰두하는 사람을 보면 신기하기도 하고 이해가 안 가기도 해요.
그렇게 오랜 시간이 지나 다시 만난 그 사람은 내공이 깊어졌습니다.
다른 사람이 인정하지 않아도 하고 싶은 일을, 해야 하는 일을 꾸준히 해왔거든요.
언젠가 배철수 씨의 인터뷰에서
"좋아하는 일이라면 오래 해. 그러다보면 사람들도 인정하게 될 거야."
라는 말을 들은 적이 있어요.
처음엔 어설프고 서툴러서 남들이 보기엔 '얼마 못 가겠구나.....!' 싶을지 몰라도
견디고 또 견디고, 버티고 또 버텨서 오래오래 하다보면
나중엔 다른 사람들이 인정할 수밖에 없을 거예요.
저도 여러분도 조금씩 더 강해지고, 더 나아지는 중이면 좋겠습니다!

088

이면지 엿보기

복사용지를 많이 사용하는 사무실이나 학원에서는 비용절감을 위해서
이면지를 사용하기도 합니다. 물론 누구나 깨끗한 새 용지를 쓰고 싶겠지만요.
이면지를 사용할 때 혹시 먼저 사용된 뒷면을 읽어본 적이 있으세요?
읽는 재미가 쏠쏠해요.
저도 방송 원고를 출력할 때 이면지를 사용하다보면 뒷면에
다른 프로그램의 원고가 있기도 하고 아이들이 버린 종이에는 학원에서 푼 수학문제가 있어서
갑자기 풀어보고 싶은 충동을 느끼기도 하죠.
이면지를 꼼꼼하게 읽어보는 건 괜히 남의 일상을 엿보고 싶은 마음 때문인 것 같아요.
다른 사람들의 하루를 엿보고 싶다면 라디오 앞으로 가까이 모여주세요.

089

더디게, 촌스럽게, 소박하게

밤늦도록 잠이 오지 않는 날이 있어요.
인터넷 검색을 하고
지인들의 SNS를 둘러보고
음원사이트 신곡을 들어보고
온라인 서점에서 새 책 구경도 해보지만
어딘가 모르게 허전합니다.
SNS의 일상보다는 친구의 목소리로 듣는
안부가 궁금했고,
독자들이 남긴 후기보다는
서점에서 여유롭게 책을 고르고
설레는 마음으로 첫 장을 넘기고 싶었던 거죠.

얼마 전에 읽은 책 한 권이 떠올랐어요.
"전동 칫솔이 나와도 칫솔은 버려지지 않았다.
자동 우산이 나와도 우산은 버려지지 않았다.
TV가 나와도 영화와 라디오는 사라지지 않았으며
새로운 노래가 나와도 옛 노래는 끊임없이 연주되고 있다.
새로운 것은 환영받지만 익숙한 것은 사랑받는다."

MP3 파일보다는 앨범재킷이 있는 LP나 CD가 더 좋고,
노트북으로 보는 영화보다는 극장에서 보는 영화가 더 좋아요.
이번 주말에는
동네서점에 가서 종이책장을 넘기며
여유롭게 책 고르는 시간을 가져보고 싶네요.

090
어려워봐야 알 수 있어요

아플 때, 바쁠 때, 마음이 급할 때...
누군가의 도움이 간절히 필요한 순간입니다.
"오늘 내 컨디션이 너무 안 좋아서 말인데..."
라고 어렵게 꺼낸 말에
"너도 그래? 나도 엊그제부터 열나고 몸살에 콧물에 난리야 난리."
'괜히 말 꺼냈구나.' 하고 민망해지죠.
도움 좀 청하려다가 오히려 마음만 상할 때가 있어요.

본론은 꺼내지도 못하게 단칼에 잘라버리는
거절의 고수들도 있지요.
아파봐야 그 사람의 진가를 알 수 있고,
어려워봐야 누가 내 편인지 알 수 있습니다.

date _____ . _____ .

date _____ . _____ .

091
뻥이야!

이별을 하고, 돈을 잃어버리고,
아주 크게 망신을 당하는 순간에는!
마음속으로 간절히 바랍니다.
'제발 꿈이면 좋겠다.
누가 나와서 다 거짓말이라고 얘기해주면 좋겠다.'
하고 바랍니다.

만우절.
오늘 같은 날은 거짓말 같은 순간이 허락되면 좋겠어요.
어떤 상상을 해볼까요?
주말에 잘 쉬고 일어났는데 또 일요일이네?
월급이 한 번 더 들어오는 짜릿한 날은 어때요?

어차피 꿈이고
어차피 현실 아닌 이야기지만
아주 잠깐, 달콤한 상상을 해봤어요!

092
매일 사용 내역서

아끼고 아껴서 저금해둔 통장을 정리해보면 허무한 마음이 들죠.
고작 이것밖에 안되나 싶어서요.
그런데 카드내역 고지서를 보면 깜짝 놀랍니다.
이렇게 많이 쓰지는 않았는데 하고 말이죠.
계산을 해보면 모인 돈이 적은 것도 쓴 돈이 많은 것도 결국 내가 한 만큼이에요.
오늘은 4월 2일, 차곡차곡 쌓아간다면 어떤 일이든 해낼 수 있는 날이죠?
우리의 일상을, 우리의 봄 풍경을, 우리의 멋진 순간을 하나씩 모아보기로 해요.

093

우리, 당당하게 엿들어요

사람 많은 카페에서 대화를 나눌 때
옆 테이블에서 나누는 이야기까지 듣는 능력자들이 있어요.
다른 사람들은 옆 테이블에 누가 있었는지도 기억 못하는데
몇 명이, 무슨 얘기를, 어떤 분위기로 했는지
그걸 동시에 다 들었네요?

남 얘기에 자꾸만 귀를 기울이는 것, 이거 본능일지도 몰라요.
내가 주인공인 내 삶은 내 맘대로 잘 안되니까
남들의 삶에 관객으로라도 엿보고 싶은 심정일까요?
눈치 보지 않고, 남들 사는 얘기를 들을 수 있는 시간,
심지어 훈수를 들 수도 있는 시간입니다.
매일 두 시간, 우리들의 이야기. 라디오의 시간으로 모여주세요.

094

달팽이 마라톤

서울의 한 숲에서는 달팽이 마라톤이 열렸다는군요.
걷기에 최적인 코스를 엄선해서
함께 걷는 행사였다는데요.

도심에 있는 체육공원에서 출발해
높이 솟은 빌딩이 가득한 답답한 도심 속을 지나는 거예요.
그렇게 걷다보면
나들목도 지나고, 다리도 건너고, 선착장을 지나
울창한 숲과 흙으로 덮인 마지막 장소인 '숲' 과 만나는
행복한 여정이었답니다.

기록을 잴 필요도 없고,
빨리 달릴 필요도 없고
그저 상쾌한 공기를 마시면서
옆 사람과 함께 봄바람을 느꼈겠죠?
걷기에 딱 좋은 계절입니다.

095
열두 달 나무 아이

1월에 태어난 너는 동백나무 아이
힘찬 날갯짓으로 새날을 여는 아이
4월에 태어난 너는 목련나무 아이
봄밤을 환히 밝히는 등불 같은 아이
8월에 태어난 너는 배롱나무 아이
한여름 햇살처럼 환하게 웃는 아이
12월에 태어난 너는 소나무 아이
언제나 흔들림 없이 꿋꿋한 아이
　　　　　《열두 달 나무 아이 中, 최숙희》

최숙희 작가가 쓴《열두 달 나무 아이》라는 책은
아이들의 품성을 달마다 제일 아름다운 모습을
보이는 나무에 비유했습니다.
신기하게도 열두 달 아이들은 나무의 품성을 닮은 듯 하죠?

겨울에 첫 꽃을 피우는 동백나무처럼
1월의 아이는 힘차게 새날을 열고,
마을 어귀에 커다란 그늘을 드리우는 느티나무처럼
6월의 아이는 넓게 품을 줄 알아요.
주렁주렁 도토리로 산 속 식구들을 두루두루 먹이는
참나무처럼 10월의 아이는 속이 깊고요.

식목일입니다.
자작나무, 참나무, 매화나무, 베롱나무......
나무와 닮은 우리의 좋은 성품으로
초록의 싱그러운 봄날을 열어보아요.

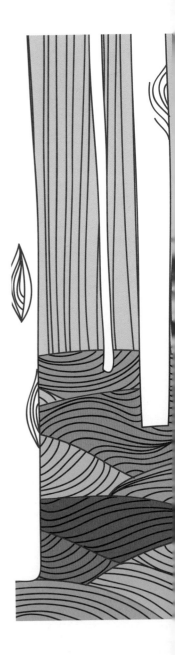

096

잠은 보약이다

어린 애들을 키우는 엄마들에게
육아는 전쟁입니다.
먹이고, 씻기고, 입히고, 재우고...
다시 또 먹이고, 씻기고, 입히고, 재우고.
그러다 쌔근쌔근 잠이 들면,
세상이 어찌나 평화로운지 몰라요.

아이들 잠든 표정을 보면
세상 그 어떤 고민도 대수롭지 않게 여겨집니다.
잘 자는 것만으로도 착하다는 칭찬을 듣고
자고 싶을 때 스르륵 잠들어도 뭐라 할 사람 없고
다른 날보다 늦게 깼다고 해서
조바심 낼 필요도 없는 아이들이
부럽기까지 하죠.

잠이 보약이라는데
하루 몇 시간 숙면을 취하는 것도 쉽지 않네요.
오늘 밤은 꿀잠을 기대하면서
달콤한 하루 보내세요!

097

너만 그런 거 아니야

평소보다 일찍 잠에서 깼어요.
스스로 뿌듯해하며
오늘 하루는 시간을 벌었구나
생각했죠.
바스락바스락 현관 밖에서 우유 담는 소리에
나가봤더니
이미 신문은 도착해 있었어요.

세상은 나보다 훨씬 부지런한 사람들이 있어
부드럽게 돌아갑니다.
날이 밝지도 않았지만
마을버스는 노선대로 움직이고 있었고,
모범 운전사들이 수신호로 교통정리를 하고 계셨고
방송국 주차장에서
저보다 더 일찍 방송을 마치고 돌아가는
앞 프로그램 게스트 하고 인사도 나누었네요.

나만 힘든 것 같고
나만 잠 못 자고
나만 바쁜 것 같지만
세상에는 나보다 더한 사람들이 많습니다.
억울해하지 않기로 해요!

098
괜한 걱정 따위 던져버려요

생각도 못한 일 하나가
하루를 망쳐버리는 날이 있어요.
'갑자기 차가 고장 나는 바람에...'
'눈 앞에서 기차를 놓치는 바람에...'
단 하나의 일을 시작으로 이후의 일들이
줄줄이 꼬여버리고 말죠.

《성공한 사람들의 7가지 습관》으로 유명한
스티븐 코비의 말에 따르면
우리 인생에는 '90:10의 법칙'이 있대요.
90%는 우리가 예측하고 있는 대로 흘러가는 것이고
나머지 10%만이 생각지도 못했던,
그야말로 예측불허의 일들이라는 거예요.
고작 10% 때문에 우리의 인생을 망쳐버린다는 건
너무 아까운 일 아니겠어요?
언제 어디서 튀어나올지 모르는 10%를 두려워하지 말고
90%의 안정된 하루를 시작해보세요.

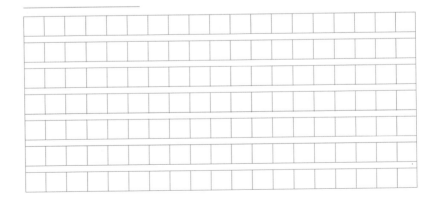

099

디지털 디톡스

[디톡스: 몸 안의 독소와 노폐물을 배출하여 생명력을 회복시키기 위한 시도...]

피부에 좋다는 고가의 화장품을 사용하기 이전에
쌓인 각질을 제거해야하는 것처럼
미용이나 건강을 위한 다이어트를 위해
우선해야하는 작업은
몸 안의 독소를 빼주는 겁니다.

요즘은 '디지털 디톡스' 라는 말도 생겼어요.
스마트폰, TV, 컴퓨터...
디지털 홍수에 빠진 현대인들이
각종 전자기기 사용을 중단하고
명상이나 독서를 통해 몸과 마음을 회복시키자는 거랍니다.

물론 스마트폰 없이 불안해서 한 시간도 못 버티겠지만
그래도 한번 도전해볼까요?
하루 동안 사용하지 않은 데이터만큼
눈과 마음은 더 편안해지고 건강해지지 않겠어요?
빠르고 피곤한 디지털 세상보다는
천천히 흐르는 아날로그 일상이 그립습니다.

100
알파고에게는 없다

위로가 필요한 사람들에게
정해진 공식처럼 건네는 위로의 말들이 있어요.
'슬프겠다, 마음 잘 추슬러.'
하지만,
그 슬픔을 겪어보지 않은 사람들은
사실 100퍼센트 이해하기 힘들죠.

지난 일주일,
이세돌 9단과 알파고가 다섯 번의 대국을 펼치는 동안,
"인류가 기계에 패했다!", "그래도 수고했다.", "그래도 멋있었다." 라는 기사가 쏟아질 때
유독 제 눈길을 끌었던 사진이 있었습니다.
이미 알파고와의 대국에서 먼저 패한 경험이 있는
중국 판 후이의 엄지 척! 이었어요.
어느 누가 판 후이만큼 이세돌 9단의 심정을 이해해줄 수 있었겠어요?

같은 경험을 하고, 누군가를 격하게 공감한다는 건
참으로 아름다운 일입니다.
'인간이 이길 것이냐, 기계가 이길 것이냐?'에 대한 답은 알 수 없지만
인간만이 펼칠 수 있는 아름다운 바둑은 절대
기계가 따라올 수 없지 않을까요?
공감이야 말로 사람이 가진 유일한 감정일 거예요.

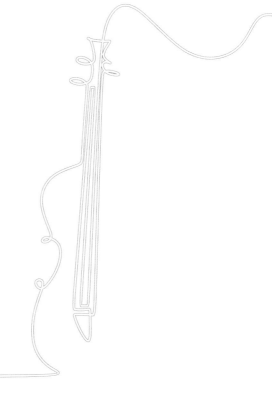

101

현악기의 느슨한 줄처럼

바이올린이나 첼로 같은 현악기를 연주할 때는 음에 맞게 줄 길이를 잘 맞춰야 합니다.
늘이고 조이는 미세한 차이로 다른 음이 나니까요.
하지만, 현악기를 보관할 때에는 다시 줄을 느슨하게 풀어줘야 하죠.
어쩌면 우리에게 휴식이 필요한 것도 같은 이유 아닐까요?
어제보다 오늘, 더 많은 일을 해야 하고
오늘보다 내일, 더 바빠야만 한다면
팽팽한 피로감에 우리도 끊어지고, 부러질 수 있어요.
맑았다 흐렸다, 포근했다 쌀쌀했다, 오락가락한 날씨 속에서 이번 한 주도 애쓰셨습니다.

102

무언서비스

미용실에서, 택시 안에서 의외로 많은 얘기를 주고받습니다.
"밖에 날씨가 어때요?", "요즘 그 드라마 보세요?"
소소한 얘기를 시작으로 맛집 정보, 예능 프로그램,
정치, 경제에 이르는 방대한 주제로 넘어가기도 하죠.
가끔은 쉬고 싶어서 찾은 미용실에서 더 피곤해질 때도 있어요.

매장을 찾거나 택시를 타는 손님에게 말을 걸지 않는
'무언 서비스'가 일본에 등장했대요.
매장에 있는 【말 걸 필요 없음】 표시의 파란 가방을 들고 있으면
직원들이 그 손님에게는 말을 걸지 않는 거죠.
'침묵의 택시'에서는 목적지가 어디인지,
요금이 얼마인지 외의 대화는 일체 나누지 않는답니다.

의미 없는 수다에 피곤했던 날이 많긴 했어도
가벼운 대화를 나눌 친구를 잃은 것 같아
왠지 허전한 마음이 들었습니다.
이러다 온통 무언무음의 세상이 되면 어쩌죠?

왕년의 소년소녀들

오랜만에 10년이 넘은 지인들이 모였습니다.
언제나 자기관리 잘하고,
흐트러짐 없던 선배오빠는
어느새 배 나오고 목소리 큰 아저씨가 되었어요.
항상 곱상하고 단아했던 선배언니도
세월을 빗겨갈 수 없었죠.
노안이 왔는지 안경을 이마 위로 올리고
메뉴판을 정독하는데
다들 웃음을 참을 수가 없었습니다.

세상에서 가장 신비한 마법은 시간인 것 같아요.
감수성 넘치던 소녀가 주부9단 아줌마가 되고,
세상 젠틀하던 교회 오빠가 사무실 꼰대로 변하는 마법.
다행히
오랜만에 만난 왕년의 멤버들과는
변신 전의 이야기를 나눌 수 있어서
행복했답니다.

14775-3456

104

내 몸이 이상해요

운전을 하고 가는데 자동차 계기판에 불이 들어왔어요.
주유등이라면 바로 알았을 텐데
생소한 모양이라 어디에 이상이 있다는 건지,
뭐가 부족하다는 건지 알 수가 없었죠.
차를 세우고, 인터넷을 검색하고, 정비업소에 가서야
엔진오일을 교체할 시기가 한참 지났다는 걸 알았습니다.

자동차에 이상이 생기고, 스마트폰에 이상이 생기면
이렇게 적극적으로 변하는 사람들이 내 몸의 이상신호에는
얼마나 관심을 줄까요?

바쁘다는 핑계로 미루지 마세요.
몸도 마음도 때를 놓치고 나면 회복되기 어려워져요.

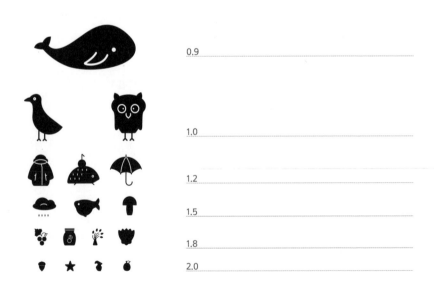

105

일상에 감칠맛을 더해요

오후 두 시가 되면 아파트 어디에선가 피아노 소리가 들려요.
힘 있게 내려치고, 손가락이 건반 위에서 춤을 추는 것 같은 피아노 연주는
오후의 나른함을 깨워줍니다.

비 오는 날에 들려오는 묵직한 첼로 선율,
모닥불 앞에서 노래하며 연주하던 선배들의 기타 소리,
숨소리까지도 음악이 되는 하모니카 연주,
그리고 노래방에서 절대 빠질 수 없는 흥겨운 탬버린 소리.

아름다운 악기 연주로 밋밋한 일상에 감칠맛을 더해보세요.

106

꼬깃꼬깃 조물조물

종이로 그려진 인형을 모양대로 그대로 오려서
이 옷, 저 옷을 입혀보기도 하고, 역할놀이도 했던 추억의 장난감,
종이 인형을 기억하세요?
오래된 문방구에서 바랜 종이인형을 발견하고는 얼마나 반가웠는지 몰라요.

우리는 종이인형 놀이를 하며 엄마였다가 또 아빠가 되기도 했고
어리광을 부리는 아기가 되기도 했었죠.
어쩌다 살짝 찢어지기라도 하면 조심스레 풀로 붙이던
옛 기억들이 새록새록 떠올랐습니다.

큼지막하고 단단하고 화려한 장난감들이 많지만
손으로 꼬깃꼬깃, 조물조물 만들어 놀던
어린 시절의 추억이 지금도 생생하네요.

107

연휴니까 사치스럽게

일할 때는 정말 게으른 사람인데
새벽같이 일어나서 아침밥을 준비하고
출근 할 땐 잘 씻지도 않더니
여행 와서는 아침저녁으로 샤워를 하고.
여행을 함께 가보면
그동안 보지 못했던
지인들의 모습에 깜짝 놀랄 때가 있어요.
물론 그들도
여행지에서 본 제 모습에 깜짝 놀랐을 겁니다.
저는 여행지에서는 철저하게 게을러지거든요.
밥 한 끼도 안 차리고
끼니마다 사먹는 게 좋고,
빠듯한 여행일정 안 짜고
대충대충 상황대로 즐기거든요.
반듯하게 긴장하고 보내는
일상이 있다면 흐트러지고 마음껏 늘어져도 되는
휴일도 있어야 하잖아요.

연휴가 시작됐습니다.
평소에 안 꺼내던 예쁜 찻잔으로
사치도 부려보고 영화관에서 팝콘도 즐겨보고
평일에는 절대 누릴 수 없는
늦잠의 자유도 만끽하세요.

108

너, 친구 몇 명이니?

"나는 친구 엄청 많다! 유치원 때 친구까지 합치면 60명도 넘어."
9살 여동생의 말에 11살 오빠도 지지 않고 말합니다.
"100명도 안 넘으면서 그게 뭐가 많아?
나는 영어학원 친구까지 다 합치면 130명도 넘는데?"
학교, 학원, 아니면 동네 놀이터에서
만나는 친구가 전부인 나이라
친구가 몇 명인지 금방 세더라고요.

핀란드와 영국 대학의 공동연구팀이 연구결과를 발표했습니다.
스물다섯 살까지는 나이가 들수록 친구 수가 증가하다가
스물다섯 살에 정점을 찍고 그 후로는 점점 줄어든 다네요.

얼굴 한번 본 적 없는 인터넷상의 친구,
단 둘이 만나기는 뻘쭘한 그저 모임 안에서의 친구,
만나기는 만나지만 속으로는 엄청 얄밉다 싶은 친구...
친구의 범위를 어디까지 둬야하는지도 모르겠지만
중요한 건 몇 명의 친구가 있느냐가 아니죠?

보고 싶을 때 만날 수 있는 친구,
비 오는 날 술 한 잔 기울일 수 있는 친구,
자존심 버리고 다 털어놓을 수 있는 친구.
그런 진한 친구들의 얼굴이 떠오르는 날입니다.

109

까삐까삐룸룸

어린 시절,
매일매일 TV 앞에서 턱을 받치고 기다리던
만화영화들이 있었어요.
하루에 한 가지 소원을 들어주는
모래요정 바람돌이도 있었고,
외로워도 슬퍼도 울지 않는
들장미 소녀 캔디도 있었죠.
그땐 그저 주인공들만 보였습니다.
이상한 주문을 외우면 소원을 들어주는
요술공주 밍키의 능력이 부러웠고
빙하타고 내려와서 남의집살이 하는 둘리가 안쓰러워 보였어요.

그런데 나이가 들면서 생각도 바뀌네요.
내 집인데도 내 맘대로 살 수 없는 고길동 선생은
얼마나 황당했을까?
영심이 뒤를 졸졸 쫓아다니며 아무리 고백을 해도
마음을 받아주지 않는 왕경태는 얼마나 속상했을까
하는 생각이 들더라고요.

어릴 때는 보이지 않던 것들이 이제와 보이는 건
세상을 좀 더 알았기 때문일까요?
아니면 그때보다 상대방의 마음을 조금 더 헤아릴 수 있어서일까요?
피피르마 피피르마 마르피피 마르피피 샤르르르
요술공주 밍키의 마법주문 외면서
오늘도 해피타임 문을 활짝 엽니다.

110

마음 처방전

한 남자가 말했어요.
"매일 똑같은 일상이 지겨워요. 이렇게 살려고 달려온 인생은 아닌데... 하는 생각이
자꾸 듭니다."
일주일이 지나고 처방전이 나왔다네요.
약이 아니고 심리상담도 아니고 책으로요.
한 동네서점에서는 상담을 통해 책을 처방해준다고 합니다.
생소하기도 하고 의심이 들기도 하지만 이용하는 사람들 대부분은 만족했다고 해요.
지금 나의 상태를 털어놓는다면 어떤 처방을 내려질까요?
책이든 음식이든, 여행이든 음악이든. 마음을 상쾌하게 해주고, 몸을 가볍게 해줄 처방전.
상상만으로도 기대되는 걸요?

111

도깨비문을 열고

눈앞에 있는 문을 열고 나갔더니 새하얀 스키장에 도착했어요.
정말 좋겠죠?
제가 요즘 드라마 『도깨비』에 빠져있어서요.
물론 드라마 속의 이야기지만,
마음먹고 문을 열면 내가 가보고 싶었던 어디에라도 가있는 상상.
설레지 않나요?

우리에게 그런 능력이 있다면 어디로 가볼까요?
가보지 못한 낯선 나라,
지금은 없어진 어릴 적 내가 살던 동네,
아니, 어쩌면 그냥 다시 포근한 이불 속으로 들어가고 싶을지도 모르겠네요.

112
양의 가격을 결정하는 독특한 방법

러닝머신 위에서
천천히, 아주 가볍게 뛰기 시작합니다.
처음 5분, 10분은 뛸 만하죠.
몸도 가벼워지는 것 같고,
무엇보다 아직은 힘들지 않아서 견딜 만
하거든요.

이제 속도를 내볼까요?
시작한지 1시간이 가까워지면
숨도 차고
땀도 흐르고
다리가 뻐근해지면서
슬슬 힘이 풀려요.
어쩌시겠어요?
그만 둘까요? 아니면 조금 더 달려볼까요?

히말라야의 고산족들이
양의 가격을 협상하는 아주 독특한 방법이
있다고 합니다.
가파른 산비탈에 양을 풀어 놓은 다음
산 위로 풀을 뜯으러 가는 양들은
가격이 비싸게 결정되고
산 아래로 내려오는 녀석들은
가격이 싸게 매겨진대요.

힘든 일을 앞에 두고
어떡해서든 해결하려고 끙끙거리는 사람,
이쯤에서 관두겠다고 포기하는 사람.
여러분은 어느 쪽이세요?

113
휴지통은 매일 비워야죠

다른 사람들에게는 보이기 싫은
나쁜 습관 하나쯤은 누구에게나 있을 거예요.
물건을 쓰고 제자리에 놓지 않는 습관,
책장 끝을 꼬깃꼬깃 구기는 습관,
입술을 깨물거나
때때로 남을 타박하는
안 좋은 습관들.

나는 몰랐는데
나만 빼고 다른 사람들은
이미 알고 있는 버릇도 있고,
나는 아는데 남들은
크게 개의치 않는 것들도 있습니다.
남이 알든 모르든
내가 인지하든 인지하지 못하든
안 좋은 건 안 좋은 거죠.

매일매일 휴지통을 비워내듯이
하루에 한 번씩,
아니 일주일에 한 번씩이라도
나의 안 좋은 습관을 버릴 수 있다면
지금보다는 가벼워지지 않을까요?
지금보다는 더 괜찮아지지 않을까요?

114
꽃잎도 화상을 입어요

학교 준비물로 꽃잎을 찾아 나섰어요.
땅에 떨어진 꽃잎들 중에서 제일 살아있는,
떨어진지 얼마 안 된 꽃잎만 주웠죠.
빨간 동백꽃잎, 커다란 목련꽃잎,
하늘하늘 벚꽃 잎을 줍던 아이는
꽃잎을 줍기만 하면 바로 시들어버린다면서
속상해했어요.

누군가 그러더군요.
공기 중에 있는 꽃잎은 사람의 체온으로도
화상을 입을 수 있대요.
만지지 않는 게 가장 좋고,
어쩔 수 없다면 장갑을 끼고 만져야한다고.
꽃잎이 화상을 입는다는 걸
생각해본 적도 없었기에 그저 놀라웠습니다.

무심한 말 한 마디에,
매서운 눈빛 한 번에
마음의 화상을 입은 사람이 있을지도 몰라요.
아직도 상처가 남았다면
여린 꽃잎 같은 그 마음을 달래주고 싶네요.

115
달라서 매력이 넘치는

깨소금 냄새가 폴폴 풍기는
신혼부부에게 물었어요.
"어떤 점이 그렇게 좋아?"
"저희 진짜 잘 맞아요. 우린 천생연분인가 봐요."

그런데 알고 보니
정반대였던 거 있죠.
남자는 퍽퍽한 닭가슴살을 좋아하고,
여자는 살이 적은 닭날개를 좋아했어요.
남자는 계란 흰자를 좋아하고,
여자는 노른자를 즐겨먹었죠.
남자는 아침밥을 안 먹는 걸 좋아하고,
여자는 아침밥 차리지 않는 걸 좋아했던 거예요.

잘 맞는다는 것이
똑같다는 얘기는 아닌가봅니다.
서로 달라서 더 매력적인 사이,
나와 달라서 더 끌리는 사람.
저마다의 모습으로
저마다의 삶을 살아가는 우리도
매력 넘치는 사이네요.

116
푸르스트 효과

소독차가 지나가면
어린 시절 친구들이랑
소독차를 따라 다녔던 추억이 떠올라요.
비가 내리는 날이면
흙냄새와 땅냄새가 섞인 비냄새가 나죠.
그럴 때면 우산이 없어 하염없이 비를 피했던
옛 기억을 떠올리기도 합니다.

'프루스트 효과' 라는 게 있다고 해요.
특정한 냄새에 반응해서 어떤 추억을 떠올리는 것.
아카시아 나무 옆에 있던 등나무 벤치에 앉아서
까르르 웃음 짓던 여고 시절의 추억,
한밤중에 무작정 떠나 도착한 강릉에서
그 사람과 함께 거닐던 해변의 내음,

인간의 코로 맡을 수 있는 만여 가지의 냄새만큼
우리에겐 수많은 추억이 남아있겠죠?

117

낙법부터 배울까요?

유도를 배울 때 제일 먼저 익히는 기술은
안전하게 떨어지는 '낙법'이라고 합니다.
스키를 처음 배울 때에도 마찬가지죠.
활강하는 법, 리프트에서 내리는 방법보다
잘 넘어지고 다시 일어서는 연습을 먼저 하죠.
아이러니해요.
지려고 유도를 하는 것도 아니고,
넘어지자고 스키를 타는 것도 아닌데
왜 깨지고, 구르는 방법부터 배우는 걸까요?

넘어지는 데 익숙한 사람은
다시 일어나는 것도 도가 텄을 거예요.
살면서 무엇을 하든
넘어지고, 깨지는 순간은 반드시 찾아옵니다.
그 위기를
최대한 안전하고 빠르게 넘겨야
다음 공격을 하고,
더 신나게 즐길 수 있지 않겠어요?
이번 일은 글렀구나! 싶은 생각이 들 땐,
기억하세요.

안전하게 넘어졌다가 잘 일어나면 됩니다.

118
사과는 어디에 있을까?

"자기 잘못을 인정하고 용서를 빔"
무엇에 대한 말일까요?
어떤 드라마에서는 이렇게도 표현했습니다.
"책임감 있는 행동"
그리고 "더 나은 사람이 되려는 노력"이라고도요.
나의 잘못을 바로 시인하고
상대방에게 용서를 구하는
'사과'에 대한 이야기입니다.
사소한 실수와 오해들은
언제 어디서든 일어납니다.
"미안!" "괜찮아? 내가 실수했어." "죄송합니다..."
한두 마디 말이면 별일 아니었을 텐데
두고두고 철천지원수가 되기도 하죠.
늦잠 자고 아침에 서둘러 나오면서
괜히 아내한테 신경질 내셨어요?
휴지통으로 던진 깡통이 지나가던 동료 다리에 맞았는데
그냥 웃기만 하셨어요?
사과 안 하고 버틸 이유도 없어요.
나의 부족한 점, 실수한 점은 빨리 인정하고 사과하세요.
책임감 있는 사과가 더 멋진 사람으로 만들어줄 거예요.

119

사라지는 것들이여, 아직은 가지마

공중전화 박스 앞에 긴 줄을 서서 기다릴 때 우린 알지 못했어요.
공중전화가 사라질 거라곤.
학창시절 추억의 일등공신, 도시락이 사라지고
버스는 남았어도 버스표는 추억의 단어가 되었죠.
프랑스의 유명한 가방 브랜드 관계자가
"30년 내에 '가방'의 존재가 사라질 것이다."라고 말을 했어요.
카드, 현금, 수첩... 지금도 웬만한 소지품은 스마트폰 하나로 해결하고 있죠.
시대가 변하면서 새로 생기는 것만큼이나 사라지는 것들이 많습니다.
오랜 세월동안 함께 해서 그래서 당연히 우리 옆에 존재할 걸로 생각했던 것들과도
안녕을 고할 날이 오겠죠?

120

놓쳐야 새로 만날 수 있어요

낯선 여행지로 떠날 계획을 세우다 보면 그곳에서 해보고 싶은 일이 많아요.
하지만 막상 여행이 시작되는 순간부터는 절대! 계획대로 이뤄지지 않습니다.
여행 이야기를 담는 한 작가는 '기차를 놓치고 천사를 만났다.'라고 말을 했어요.
기차를 놓치고, 다음 기차가 올 때까지 시간을 보내다가 근처에 있는 아름다운 마을을 만났고,
이런 곳에 꼭 살아보고 싶다는 마음에 운명이 바뀌었다는 거죠.
무언가를 놓치고 나면 많이 속상하겠지만 그걸 놓쳐서 새로 얻게 되는 것들이 있습니다.
즐기지 못한 4월이 아쉽고, 누리지 못한 봄날이 아쉬워도 괜찮아요.
4월이 지나고 나면 또 새로운 한 달, 5월이 시작될 테니까요.

121
봄볕만한 조명은 없어요

사진을 '빛으로 그린 그림' 이라고 말할 정도로
사진 촬영에 있어서 빛의 역할은 정말 큽니다.
어느 각도에서 얼만큼을 주느냐에 따라 분위기가 달라지거든요.

그런 요즘은
제 아무리 훌륭한 조명이라도 5월의 봄볕만한 게 없겠구나 하는 생각이 들어요.
어느 각도에서 찍어도 초록은 싱그럽고, 화장기 없는 얼굴로 찍어도 햇살이 살려주네요.

한 줌의 바람과 흔들리는 초록잎, 그리고 쨍하게 짜릿한 햇살 한 줄기.
5월이 우리에게 준 최고의 선물 아닐까요?

122

별것도 아닌 일인데 왜 못하지?

《20대라면 꼭 해볼 스무 가지》,
《마흔이 넘으면 절대 하지 말아야할 몇 가지》,
《죽기 전에 꼭 해봐야하는 몇 가지》.
한동안 유행했던 베스트셀러의 제목들이죠.

처음엔 '놓치면 안되는 거구나!' 하는 불안감에 관심이 가지만 막상 읽어보면
'별것도 아니네.' 싶을 때가 많죠.

더 아이러니한 사실은 별것 아닌 그것들조차도 안하고, 못하고 살고 있다는 겁니다.
시간이 많이 들지도 않고, 돈이 드는 것도 아닌데 왜 못해본 게 많을까요?

「살아 계실 때 부모님 발을 씻겨드리기」
「부모님과 심야영화보기」 등등.
가족과 함께 해볼 구체적인 연휴 계획을
세워보는 건 어떨까요?

123

모든 게 사랑스러운

살갗을 스치는 바람의 온도와 포근함이
기분을 가볍게 해주고,
얼굴을 비추는 햇살에
저절로 윙크가 지어집니다.
걸음을 멈추게 하는
꽃도 나무도 나비도
모든 게 다 사랑스러운 5월이에요.

여기에 다정한 마음과 사랑스런 대화가 더해진다면
더 바랄 게 없는 날이겠어요.

124
말랑말랑한 마음으로

세상에는 남성, 여성, 아줌마 이렇게 세 가지 성이 존재한다고요?
아줌마들은 억척스럽고 드세다고요?
드라마 보면서 우는 남자들은 나이 들어 주책이라고요?
아닐걸요?
현실에 부딪히다보니 억척스러워진 것도 찌질 해진 것도 사실이지만
우리의 본성은 어디 가지 않았어요.
지하철을 기다리다 유리벽에 쓰인 시를 읽고 마음이 뭉클해지기도 하고,
카페 액자에 있는 캘리그라피 속 한 줄 대사에 머리가 멍해져서
재빨리 종이에 옮겨 적을 때도 있습니다.
억척스러운 아줌마, 강철 같은 아저씨로 살아가지만 알고 보면 마음이 여린 사람들.
좋아하는 책에 기대고 즐겨듣던 음악에 빠진 채로 가끔은 가장 나다운 모습으로 쉬어보세요.

125
나이가 들어간다는 건

나이가 들었다는 사실을 느끼는 순간은
크게 세 가지로 요약된다고 합니다.
먼저, 그동안 눈에 들어오지 않던
꽃과 나무 같은
자연이 좋아지기 시작하고.
아이들이 예뻐 보인대요.
나하고는 아무 관련이 없는 아이인데
'어쩜 저리 이쁠까?'
'저 집 엄마아빠는 참 좋을 때다.'
이런 생각이 들면 나이가 든 거라고 해요.
마지막으로 나이가 들면
단 음식이 떠오르고 자꾸 먹고 싶어진다고 합니다.

글쎄요.
나이 들어가는 게 서글퍼지기도 하겠지만
아름다운 자연이 더 아름다워 보이고
사랑스런 아이들이 더 사랑스러워진다면야
나이 들어간다는 건
더 멋진 사람이 되어간다는 게 아닐까요?
오늘도 우리,
하루만큼 더 영글었겠죠?

126

마음 대청소

이삼 일에 한 번은 꼭 비워야하는 것, 음식물 쓰레기봉투.

일주일에 한 번은 꼭 뒤집어 줘야하는 것,

아이들 실내화주머니. 한 달에 한 번 정도는 진공청소기도

비워줘야 속 시원하게 먼지청소를 할 수 있겠죠? 마음은

어떤가요? 듣기 싫은 잔소리, 잘난 친구를 시기하는

못난 마음, 점점 까칠해지는 성격, 짜증, 나쁜 습관...

하루 이틀 기다릴 필요도 없이 날마다 비워야

해요. 집안청소보다 더 중요한 건 마음의

청소입니다. 오늘도 비워주세요. 놔두면

하루만큼 또 쌓일 테니까요.

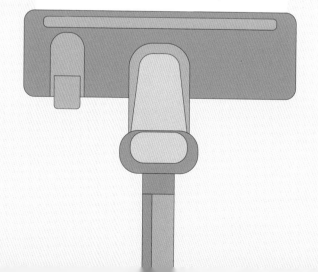

127
인생의 제철은
모두 다르죠

안간힘을 써서 노력을 해도
잘 안 되는 일이 있어요.
"불합격입니다.",
"좀 별로였어." ...
이런 날은 정말 기운 빠지죠.
'세상은 역시 내 편이 아니구나....
열심히 할 필요가 없었어.'
하는 생각을 떨칠 수가 없어요.

하지만 모든 일에
「열심히 했다. = 좋은 결과가 나온다.」
이런 공식이 성립되지 않습니다.
노력이 반드시 결과까지 보장되는 건
아니라는 사실,
우리는 이미 알고 있잖아요?
노력은 내가 해야 할 일일 뿐,
결과는 냉정하죠.

재수 삼수를 하는 수험생도
노력하지 않은 사람은 없을 테고,
매년 승진에서 밀려나는 만년과장도
분명히 자기방식대로의
노력을 다했을 거예요.
세상에 최선을 다하지 않고 피는 꽃은
없다고 하죠?
다만,
더 빨리, 더 화려하게 피는 꽃이 있을 뿐.
더디 꽃피우더라도 우리는 우리의 갈 길을
묵묵히 걸어가기로 해요.

128
고맙고 또 고맙습니다

오늘 포털사이트에서 꽤 오랫동안 검색어
순위 1위를
차지하고 있던 말, '어버이날 문구'

어떤 게 있었을까요?
"쑥스러운 마음에 자주 표현하지 못하지만
감사하고 사랑합니다."
"늘 받기만 한 사랑, 저도 더 잘할게요.
고맙습니다.
"엄마 아빠 딸이라서 행복해요.
사랑합니다."
"다시 태어나도 엄마, 아빠 아들로
태어나고 싶어요. 고맙습니다."

말하는 사람은 어떤 말을 해도 쑥스럽고
듣는 사람은 무슨 말을 들어도 기분 좋은
날이죠?
투박하더라도
'고맙습니다, 사랑합니다.'
이 짧은 한마디가 필요한 날입니다.
검색해서 베껴 쓴 말일지라도 괜찮아요.
서툴러서 그렇지 내 맘 속에도 들어있던
말이잖아요.

세상의 모든 부모님들
고맙고 또 고맙습니다.

129

단추같은 존재감

평소에는 무슨 모양인지, 몇 개가 달렸는지
아무 생각이 없다가도
어느 날 갑자기
덜렁거리는 단추 하나에 종일 신경 쓰이죠.

'떨어지면 어쩌나?'
'왜 일찍 못 봤을까?'
걱정을 하다가
똑 떨어지고 나면
집에 가기까지 신경은 더 곤두서고
똑같은 단추를 어디서 구하나
걱정은 두 배가 되죠.

가만히 생각해보면
셔츠, 블라우스, 바지,
또 외투에도
단추가 달려있는데
그 존재를 떠올려본 적이 많지는 않아요.
세상 곳곳에 단추 같은 존재들이 있을 겁니다.
있는지 없는지 존재감은 없지만
묵묵히 나를 위해 존재해주는 것들이요.

130

학력과 재력보다는 매력과 실력을

계란형 얼굴에 초승달 같은 눈썹,
그리고 반달 같은 눈과 살짝 올라간 입 꼬리...
전형적인 미인상이죠?

하지만 요즘은 개성 있는 얼굴이 인정받는 시대잖아요.
쌍꺼풀보다는 홑꺼풀 눈,
하늘을 찌를 것 같은 뾰족한 코보다는
복스러운 도톰한 코볼이 더 끌린단 말이죠.
사람의 매력 포인트를 꼭 외모에서만 찾을 필요도 없어요.

호탕한 웃음소리, 남을 위한 배려,
점심메뉴를 기가 막히게 잘 고르는 센스!
이런 소소한 순간이 더 매력적일 때가 있거든요.

매력과 실력이
학력과 재력을 이기는 시대라고 합니다.
나의 매력 포인트는 뭘까요?
적당히 튕길 줄 아는 밀당능력?
거침없이 쏟아내는 독설?
아니면... 반전의 먹성?
우리한테도 분명히 있을 거예요!
그 매력, 스스로 찾아보자고요.

131

떨리는 마음이 고마워요

자려고 침대에 누워서 눈을 감았는데
같은 그림이 세 개, 네 개씩 있는 거예요.
클릭하는 순간 뿅! 하고 사라졌죠.
신발을 먹으면 빨리 움직이고,
사탕을 먹었더니 입에서 방울이 나와요.

누구나 한번쯤은 경험해 봤을 법한 중독
게임에 빠졌을 때의 모습이죠?
눈을 감아도 벽돌이 쏟아지고
카트 위에 앉아서 운전하는 것처럼
몸을 좌우로 움직여보기도 해요.
물론, 게임 중독 말고도
무언가에 홀린 것처럼 계속 떠오르고
상상하던 시절이 있었을 겁니다.

다른 사람 귀에는 들리지도 않는
그 사람의 목소리,
혹시나 싶어서 자꾸만 들여다보는 전화기...
설렐 수 있다는 것, 마음이 떨릴 수 있다는 것.
때론 그 마음조차도 고마울 뿐이네요.

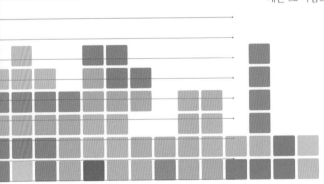

132

좋은 건 남겨두고 싶어요

매일 만나는 아파트 경비 아저씨.
언제 봐도 화단을 정리하거나 택배상자를 챙기시느라 바쁘세요.
그런데 오늘 아저씨께서 화단으로 다급히 걸어가시는걸 봤습니다.
그것도 아주 환히 웃으면서.
그러고는 주머니 속에서 휴대전화를 꺼내고는 예쁜 철쭉을 화면에 담으셨어요.
그리고 찰깍! 사진을 찍는 순간 환하게 웃으시는데 그 장면이 보는 내내 행복했답니다.
아름다운 순간을 바라보는 반짝이는 눈빛,
그리고 찰깍 소리와 함께 만족스런 미소를 지으시는 아저씨 표정이
오늘 제가 만난 가장 행복한 그림이었습니다.
우리는 그런가봐요.
아름다운 걸, 좋은 걸 보면 남기고 싶고 기록하고 싶어지죠.
여러분 마음속에 남은 아름다운 오늘의 한 장면은 어떤 순간인가요?

133

작은 소리도 속삭이기

유난히 목소리가 큰 사람들이 있어요. 일단 목소리 톤이 높고, 남들 목소리보다 훨씬 더 멀리까지
간다는 장점이 있기는 합니다. 하지만 매 순간순간마다 크고, 높은 톤으로 얘기하다보면
상대방이 금세 지쳐요.
멀리서 말을 하다보면 목소리가 자꾸 커집니다. 그런 큰 소리는 잔소리로 들릴 수 있고,
화를 낸다고 오해받기도 쉬워요.
일요일 아침, 가족들과 나누고 싶은 대화가 있다면 이 방에서 저 방으로, 거실에서 부엌으로
소리를 지르기 보다는 가까이 다가가서 조용히 기분 좋은 말을 건네 보는 건 어떨까요?

134
눈 렌즈, 마음 앨범

맛있는 음식을 앞에 두고도 서둘러 먹지 못해요.
'잠깐!' 하며 인증 샷을 남기는 친구들이 있잖아요.
여행지에서도 마찬가지입니다.
긴 줄을 기다려서라도 드라마 속의 유명한 장면처럼
사진을 한 장 남겨야 직성이 풀리죠.
미술관들에서도 마찬가지인가 봐요.
관람객들의 사진촬영을 허락하느냐 마느냐를 두고
미술관들이 고민에 빠졌다고 합니다.

사진촬영을 허락하자니 누군가에게는
방해가 될 수도 있는 노릇이고,
그렇다고 무작정 금지시키자니
평생에 한 번 볼까말까한 작품들 앞에서
사진을 남기고 싶어 하는 마음도 이해가 가기 때문이죠.

때로는 우리가 우리 스스로의 저장 능력을 믿지 못하는구나...
싶은 생각이 들기도 합니다.
눈에는 렌즈가 있고 마음에는 앨범이 있는데
그 능력을 믿지 못하고 무조건 찰칵찰칵! 사진을 찍고 있으니까요.
눈앞에 보이는 제일 예쁜 한 장면을
빨리 눈에 넣으세요.
그리고 그 다음에는... 마음에 담아두기로 해요.

멍금

소파에 앉아서 아무 생각 없이 멍, 텔레비전을 보면서도 그냥 멍...
아무 생각 없이, 눈의 초점도 없이 그냥 멍하니 있고 싶을 때가 있어요.
적당히 멍을 때리고 나면 누가 건드리지 않아도 정신이 번쩍 차려질 겁니다.

실제로 멍하게 있는 시간이 정신 건강에 도움을 주고
스트레스를 줄여주기도 한다고 해요.
돈이 드는 것도 아니고 시간이 많이 드는 것도 아니고
남한테 피해를 주는 것도 아닌데 어려울 거 있나요?

불금, 잠금... 오늘은 다 미뤄두고 멍금 어떠세요?

136

돌고돌고돌고

"하루 종일 냉장고 정리를 했더니 먹을 게 없어. 장 좀 봐야겠다."
웃기지만 꽤 자주 있는 일이죠.
나이가 들어서 몸이 영 예전 같지 않다고 하면서도
꼬박꼬박 술자리 찾아다니는 사람들,
한 시간 넘게 자장가 불러주며 힘들게 업어 재웠는데
잠든 아이가 너무 예뻐 다시 깨웠다는 딸바보 아빠,
악착같이 살을 뺐더니 맞는 옷이 하나도 없다며
정신없이 새 옷을 사들이는 귀여운 사람들.

우리 인생은 참 재밌어요.
돌고 돌고 돌고, 채우고 비우고 채우고를
반복하고 있잖아요.
만나고 싶지 않은 월요일이지만 그래도 괜찮아요.
돌고돌아서 다시 주말이 올 걸 아니까요.

137
오래되고 낡아서 더 소중한 것들

옷, 가방, 헤어스타일...
유행이라면 절대 뒤지지 않는 친구가
희한하게도 가방만은 딱 하나!
봄 여름 가을 겨울, 언제 만나도
항상 그 가방만 들고 나와요.
"손에 익어서 그런가? 이걸 들어야 마음이 편해져."
그날부터 친구의 그 가방은 특별해보였어요.
비싼 것도 아니고, 구하게 힘든 것도 아닌데 말예요.

모서리가 닳은 손지갑, 뒤꿈치가 헤진 운동화,
충분히 새로 살 수 있는 것들이지만
나와 함께 세월을 보내고,
내 손 때가 묻은 애장품이 있을 겁니다.

신상을 쫓아다니는 것보다
내 것들을 아끼고, 소중히 여기는 마음이
훨씬 세련돼 보이지 않나요?

138
어리석은 착각

은희경 작가가 쓴 드라마 '디어 마이 프렌즈'에 나오는 대사예요.

"우리 엄마가 그러는데 부모한테 받은 사랑은 돌려주지 않아도 된대. 아니, 돌려줄 수 없대.
물이 위로 흐를 수 없는 것처럼."

받은 만큼을 돌려드리지도 못하고 마음만큼 다 표현하지 못해서 늘 죄송함이 크죠.
그래도 일 년에 딱 하루 오늘 같은 날은 마음을 다 보여야하지 않을까요?
자식들의 잘못은 단 하나라고 합니다.
부모를 덜 사랑한 것이 아니라 당신들이 영원히 아니 아주 오랫동안
우리 곁에 있어줄 거라고 착각하는 거래요.
벌써 하루가 저물어 갑니다.
깜빡했다는 이유로 후회할 일을 만들진 않으셨겠죠?

139
당장은 보이지 않더라도

신경을 곤두세우는 일에는 그만한 이유가 있어요.
칼질을 하다가 베일까봐,
뜨거운 불에 데일까봐.
이렇게 즉각적으로 아프고 뜨거운 것들에 대해서는
반사적으로 조심합니다.

하지만
한참 뒤에야 결과가 나오는 것들에 대해서는 얘기가 달라지죠.
밥 한 숟가락 더 먹는다고 당장 살찌는 건 아니니까 숟가락을 놓지 못하고,
술 한 잔 더 마신다고 당장 병나고 아프진 않을 테니까
유혹을 이기지 못합니다.

당장 무슨 일이 생기는 게 아니라서
조심하지 않은 것들이
칼이나 불보다 더 무서울 수 있어요.
반대로
당장 눈앞에 보이는 이득이 없어 보이는 것들이
훗날,
우리를 더 행복하게 해줄지 모릅니다.

140

100% 만족스러운 게 어딨을라고

아프리카의 한 부족에
결혼을 앞둔 여자들에게 여는 행사가 있다고 해요.
미션은 아주 간단합니다.
옥수수 밭에서, 제일 크고 좋은 옥수수를 따올 것.
단 한 가지 규칙이 있는데
한 번 지나친 옥수수나무는 다시 돌아볼 수 없다는 거였어요.
오직 앞만 볼 것,
그리고 옥수수를 한 번 땄으면
그 뒤로 더 좋은 옥수수가 나와도 바꿀 수 없다는 것.
여성들은 신중할 수밖에 없겠죠.
결과는 어떨까요?

옥수수 밭 끝에 도착한 여성들은
작고 형편없는 옥수수를 들고나온다네요.
조금 더 가면, 더 크고, 더 좋은 옥수수가 있을 것 같아서
점점 앞으로 가다가
결국 길 끝에서는 선택의 폭이 좁아진 거죠.

사람 마음이라는 게 참 그래요.
눈앞에 있는 게 마음에 들어도
왠지 더 좋은 게 남아있을 것 같지요.
100퍼센트 만족스러운 사람,
100퍼센트 만족스러운 물건은 없습니다.
어딘가 부족해보여도 함께 메우고 채우다 보면
200% 만족스러운 나만의 것이 되겠죠.

141

나, 서운하거든

하루가 멀다할 정도로 자주 통화하고,
매일매일 만나던 친구랑 언제부터 소원해졌는지,
왜 사이가 멀어졌는지...
기억이 나질 않아요.
하지만 별일 아닌 걸로 시작됐다는 건 분명합니다.
대단한 일,
정말 큰일 때문에 멀어졌다면 기억 못할 리 없잖아요.

내 생일을 그냥 지나쳤을까요?
다른 사람들 앞에서 나를 창피하게 만들었을까요?
매번 내 약속을 제일 뒷전으로 미루는 걸 알았던 걸까요?
이렇게 이유를 떠올리자니
참 유치하기 짝이 없지만,
그래도 어쩌겠어요.
마음이 서운했던 걸요.

서운함이 쌓여서 미움이 되고,
미움이 쌓이면 관계가 끊어집니다.
잠깐은 유치한 사람이 될지라도
"나... 서운해." 라고
마음이 느끼는 대로 솔직하게 말해보세요.

늦은 사춘기

괜히 비뚤어지고 싶은 마음에 대답도 삐딱하게,
잘못인 걸 알면서도 절대! 인정 안하던 시기가
다들 있었죠?
지금 생각해보면 누가 봐도 '나는 지금 사.춘.기. 中'이라고
쓰여 있었을 텐데 오직 나만 몰랐던 거예요.

인생을 살면서 누구나
한 번 이상의 사춘기를 겪는다고 합니다.
대다수의 사람들이 떠올리는
중2 시절에 별 탈 없이 곱게 넘어간 아이들도
고등학교 때 아니면 어른이 되어서라도
한 번은 사춘기를 겪는다죠.
인생에서 한 번은 지나야 하는 길이라면
불혹이 넘어 찾아오더라도
지천명이 지나 늦게 찾아오더라도
환영해볼까요?
어서와! 늦은 사춘기!

살펴보세요.
느지막이 인생의 사춘기를 보내고 있는 사람들이
주변에 있을 겁니다.

143
1분 발언대

"여보!
당신 먼저 챙겨주니까 나는 고기 못 먹는 줄 알지?
나도 고기반찬 좋아하거든!"
"우리 딸!
쌍꺼풀 없다고 속상해하지마. 엄마도 돈 들여 만들었어.
너도 이 다음에 크면 수술시켜줄게."

지방 곳곳을 다니며
동네 주민들의 속풀이를 들어보는 예능 프로그램이 있었어요.
옥상에 올라가서 확성기로 말하는 사람,
큰 소리로 악을 쓰는 사람,
목소리가 작아 들리지도 않는데도 혼자 중얼거리는 사람...
등장하는 모습뿐만 아니라
속풀이 내용도 아주 다양했습니다.
너무 웃겨서 배꼽을 잡기도 하고
때로는 코끝이 찡해지기도 했었죠.
보는 사람도 재미있었지만 누구보다 좋았던 건
혼자 품고 있었던 속얘기를 세상에 뿜어낸 사람들 아니었을까요?

말하고 나면 시원해질 텐데 그 말을 못해서
마음이 답답하다면 나만을 위한 '1분 발언대'가 있다고 생각해보세요.
그리고 쌓아두었던 속얘기를 털어버리세요.

S	
M	
T	
W	
T	
F	
S	

144

조이고 풀고

청소도 안 해놓은 집에 갑자기 누가 온다고 하면
주부들의 마음은 답답해져요.
'집안도 엉망이고, 먹을 것도 없는데 이를 어쩌지?'
걱정이 앞서거든요.
하지만 곧바로 어디서 그런 초능력이 나온 건지
후다다닥, 깔끔하게 집안 정리를 하고
냉장고에 있는 재료를 다 꺼내어서
손님용 음식을 준비합니다.
하루 종일 해도 못했을 일을
단 한 시간 만에 뚝딱 해내요.

한 달 전부터 공부한 양이나
시험 직전에 벼락치기로 공부한 양이
고만고만한 걸 보면
사람에게는 누구나 초능력이 있는지도 모르겠네요.

10초, 20초에 초집중하는 육상선수,
4분짜리 노래에 온 에너지를 다 쏟아 붓는 가수처럼
우리에게도 우리의 오늘을 위해서 분명 초집중하는 순간이 있었을 거예요.
오늘도 애쓰셨어요.
이제는 긴장했던 하루를 느슨하게 풀어줄 시간입니다.

05.24

145

탄성력

바쁘다는 이유로, 일이 많다는 이유로
세상 모든 잡념을 떠안고 사는 우리에게
가장 필요한 건 '집중의 시간' 일지 몰라요.
나이 마흔에 그림을 그리기 시작해서
화가로서도 행복한 노년을 살았던 헤르만 헤세처럼
우리도 불필요한 생각들을 떨쳐낼 수 있는
몰입의 시간이 허락되면 좋겠습니다.

하루 종일 머리를 묶고 있던 고무줄은
머리를 푸는 순간 원래의 모양으로 돌아옵니다.
저울의 눈금도, 용수철도 마찬가지죠.
과학 시간에 배웠던 탄성력이 떠오릅니다.
* 탄성력 : 힘에 의해 모양이 변했던 물체는 다시 원래 모양으로 돌아가려 한다.

긴 연휴를 보내고 난 우리의 모습을 생각해봤습니다.
가뿐하게 제자리로 돌아가기보다
투정 섞인 말들이 많지는 않았나요?
'쉬지도 못했는데...',
'일만 했는데...',
'하루만 더 쉬고 싶다...'
제자리로 돌아가기 쉽지 않은 하루였을 겁니다.

원래의 자리, 원래의 모습으로 돌아가는 게 힘들어지면
우리도 늘어진 고무줄, 늘어난 용수철처럼
환영받지 못하는 사람이 될 수 있어요.
쉬었으니 다시 가뿐하게!
다시 우리들의 일상을 시작해볼까요?

146
한 번 주면 정 없지

"한 번 주면 정 없단다, 요만큼 더 풀게."
자식한테 밥을 떠주면서 엄마들이 하는 말이죠.
믿거나 말거나 한 얘기들이지만
왠지 모르게 밥상 앞에서 듣는
희한하고 정겨운 말들이 많았어요.
"젓가락 끄트머리를 잡고 먹으면 멀리 시집간다더라."
"밥그릇에 밥풀떼기 남기지 마라. 복 달아난다."

살아보니
젓가락을 바짝 잡고 먹었던 딸이 외국으로 이민간 집도 있고
한 주걱씩 퍼주는 밥까지 싹싹 다 먹었는데
"복은 무슨 복을 받아?" 하는 사람도 있지만
밥상 앞에서 오갔던 말들이 그리워지는 세상입니다.

가족이 한 집에 살면서도
하루 한 끼조차 둘러앉아 먹을 시간이 없죠?
이번 주말에는
가족들과 나누는 정겨운 말들을 밑반찬 삼아볼까요?

147
적당한 인연

더 가까워지고 싶은데 맘처럼 인연이 안 닿는 사람이 있어요.
더 잘해주고 싶은데 자꾸만 일이 꼬여버리는 사이도 있습니다.
여유롭게 생각해보면
그 사람과의 지금 인연은 거기까지일 수 있어요.

매화는 반쯤 피었을 때가 보기 좋고,
벚꽃은 활짝 피었을 때가 볼만하죠.
배꽃은 가까이 봐야 이쁜 걸 알 수 있고,
복사꽃은 멀리 떨어져서 바라볼 때 그 아름다움을
제대로 알 수 있다고 합니다.

모든 꽃들이 가까이서, 만개했을 때
최고의 아름다움을 보여주는 건 아니듯
사람 사이도 그래요.
속마음을 다 보여주지 않아서
가까이 다가와주지 않아서 속상해할 필요 없어요.
때론 적당한 아쉬움이
긴 인연으로 이어주기도 하니까요

148
미리 채워두는 것들

살림을 하는 주부들은
집안에 다 떨어져가는 것들,
새로 사야하는 것들을 알아요.
그래서 주방세제를 다 쓰기 전에
식용유가 똑 떨어지기 전에
미리 준비해둡니다.

누구에게나 꼭 챙기는 것들이 하나씩은 있기 마련이에요.
다른 건 몰라도
자동차 주유만큼은 미리미리 부족하지 않게 채우고,
아침마다 먹는 영양제도 떨어지지 않게 미리 체크하고,
욕실에 샴푸나 휴지,
냉장고 우유나 과일...
아슬아슬해도 불안하지 않게
신경 써서 미리 채워두는 것들.

미리 잘 챙겨둔다는 건
그만큼 신경을 쓴다는 것이고
또 아직은 마음의 여유가 있다는 얘기겠죠?
하루를 준비하는 것만큼
더 정성껏 준비하는 것이 제게도 있는데요,
우리의 저녁을 더욱 느슨하게 해줄 좋은 음악들입니다.
오늘도 음악 만찬을 함께 즐겨주세요.

149
제로썸

한쪽에서는
기를 쓰고 (+)를 만드는데
다른 한쪽에서는
밑 빠진 독에 물 붓는 것처럼 자꾸만 (-)가 생기죠.

어떤 관계에 있어서
쌍방의 득과 실의 차가 제로인 상태를 두고
'제로썸'이라고 합니다.
그동안은 제로썸의 상황을
허무하고, 허탈하다고만 여겨왔는데
생각이 바뀌었어요.
제로썸만 유지할 수 있어도 나름 괜찮은 거였더라고요.

내 마음은 즐거운데 네 마음이 요동을 쳐서
즐거운 내 마음으로 헛헛한 너를 안아줄 수 있다면
기꺼이 마음을 써줄 수 있고,
반대로 내 마음이 힘들 때에
누군가 내 마음을 어루만져줄 수 있다면
그 또한 나쁘지 않을 것 같아요.
지금, 내 주변에 (+)가 넘쳐난다면
어딘가 있는 부족한 (-)를 채워주라는
깊은 뜻이 숨어있을 거예요.

150
선택의 이유는 달라도

한 강사가 100명의 사람들에게 물었습니다.
"당신의 인생영화는 무엇입니까?"
사람들은 그동안 봤던 영화를 떠올리고, 생각하고,
고민한 후에 하나씩 적었어요.
그리고 똑같은 영화제목을 적은 사람들끼리
모여 앉게 했지요.
같은 영화를 골랐으니
당연히 취향이 비슷할 거라 생각했는데
사실은 그렇지 않았답니다.

어떤 사람은
좋아하는 영화배우가 제일 멋있게 나온 영화라서
어떤 사람은
실연에 빠져 힘들어 했던 시절에 본 영화라서
또 어떤 사람은
영화 속에 흐르던 노래가 너무 좋아서.
언젠가 꼭 한 번 가보고 싶은 여행지라서...
인생영화를 꼽은 이유는 모두 달랐다고 해요.
결과는 같아도 선택의 기준은 다를 수 있죠.
수학문제를 푸는 방법이 여러 가지인 것처럼
세상을 살아가는 기준 또한 정해진 답은 없을 거예요.

이 시간,
라디오를 듣고 있는 선택의 이유도
모두 다르지 않을까요?

my favorite...

151

밀린 약속

지난 달 말에 한 후배에게서 연락이 왔어요.
"언니, 5월 중에 꼭 남산 놀러가자고 하셨었는데
오늘이 벌써 마지막 날이에요. 약속 못 지켜서 미안해요."
사실 그 약속은 혼자만 못 지킨 게 아니라 저도 같이 놓친 일이었는데
먼저 미안하다고 하니까제 기분이 이상하더라고요.
기억하고 있었고, 만나고도 싶었고, 약속을 지키고도 싶었지만
매일 바쁘게 지내다보니 급한 일들을 먼저 해결하며 삽니다.
우선순위에서 밀려난 약속들은 없는지 체크해보세요.
누군가는 서운해 하고 또 누군가는 원망하고 있을지 모르니까요.

152

우리의 6월은

봄, 여름, 가을, 겨울. 뚜렷한 사계절이 있던 시절에도
6월은 완전한 여름도 아닌, 그렇다고 해서 여름이 아닌 것도 아닌 달이었나봅니다.
마냥 포근하고 보드라운 봄이 지나 뜨거운 계절, 여름으로 가는 그 길목, 6월.
시인들은 계절과 계절 사이에 있는 6월을 두고 마음 설레기도 했는데요,

윤보영 시인은 '6월에는'이라는 시에
"푸른 들판처럼 싱싱한 내 그리움을 몽땅 꺼내놓고 편지를 적겠습니다." 라고 노래했고요.
이해인 수녀는 '6월엔 내가' 라는 시를 통해
숲 속의 나무들이 일제히 낯을 씻고 환호하는 6월이라 했습니다.
김용택 시인의 '6월'이라는 시에는
"하루 종일 당신 생각으로 6월의 나뭇잎에 바람이 불고 하루해가 갑니다." 라고 적혔습니다.

우리가 만나는 6월의 세상도 이렇게 낭만적이면 좋겠어요.

153

나의 취향을 외우는 사람

약속시간보다 일찍 도착한 친구는 묻지도 따지지도 않고 뜨거운 아메리카노를 제 몫으로
주문해놨어요. 저는 한여름에도 꼭 뜨거운 아메리카노만 마시거든요.
참 설레는 일입니다. 누군가 나의 취향을 기억하고 있다는 사실은요.
"저는 된장찌개를 좋아해요." "저는 비오는 날을 좋아해요."
대답으로 알아낸 그 사람의 취향 말고, 함께 오랜 시간을 보내면서 그리고 자세히 관찰하고,
섬세하게 기억해주는, 나도 모르는 나의 취향들.
된장찌개는 된장찌개인데 고춧가루를 살짝 넣어 칼칼한 맛이 나는
큼직한 두부가 듬성듬성 들어있는 된장찌개,
파스타는 파스타인데 마늘과 올리브만 넣은 가장 단순하고 담백한
알리오 올리오 파스타.
이렇게 구체적이고 사소한 취향을 알고 있는 사이. 이미 마음을 나눈 사이인 거죠.
서로의 노래취향이나 이야기의 온도를 잘 알고 있는 해피타임과 여러분 사이도
이미 마음을 나눈 사이죠.

154
처음으로 이끌었던 사람

해산물을 전혀 못 먹던 사람에게 새우를 까주고
꽃게 살을 발라주는 정성스런 애인이 생기면 입맛이 바뀌어요.
액션영화 말고는 절대로 안 본다는 사람도 누구랑 보느냐에 따라
멜로영화도 보고, 코미디 영화도 볼 수 있죠.
지금은 헤어진 옛 사람일지라도 가끔 떠올라요.
순댓국을 한 번도 못 먹어본 나를 제일 맛있는 순댓국집으로 처음 데려간 사람,
경기 규칙도 모르는 나를 처음으로 야구장에 데리고 갔던 사람.
몰랐던 세상을 알게 해준 이들에게 그저 고마울 때가 있죠.
우리는 함께 있는 사람의 영향을 많이 받습니다.
새로운 걸 즐길 수 있고, 무언가에 푹 빠지기도 하고, 몰랐던 세상을 하나하나 알아가요.
항상 좋은 사람을 곁에 두고 누군가에게 나도 좋은 사람이 되어야겠어요.

155
당당한 수다타임

아침 5시, 오전 11시, 점심 직후, 오후 3~4시, 오후 5시
그리고 저녁 이후.
영국 사람들이 티타임을 갖는 시간이라고 합니다.
영국문화를 처음 접한 사람들이 가장 놀라는 부분이
바로 티타임이라고 해요. 이렇게 쉬면 일은 언제하나?
싶은 생각이 들 정도죠.
여섯 번을 다 챙기지 못하더라도 오후 3~4시의 티타임은
꼭 지켜지는 일상의 약속과도 같다네요.

간단한 다과와 샌드위치 그리고 예쁜 찻잔에 우려낸 차 한 잔.
곱지 않은 눈으로 보면 사치스러울 수밖에요.
우리나라 호텔에서 내놓는 티타임 메뉴가
너무 화려하고 고급스러워서
'저 돈을 내고 차 한 잔을?'
'바쁜 와중에 무슨 티타임?'
오히려 티타임에 대한 반감이 커진 걸지 몰라요.

영국의 티타임에서 가장 중요하게 여기는 건
일상의 쉼표라고 합니다.
그 작은 쉼표 안에서 오가는 사람들과의 대화, 그리고 소통.
조금 더 곱게 바라본다면 영국의 티타임만큼 당당한 수다 타임이 어디 또 있을까요?
매일 두 시간, 우리의 당당한 수다 타임도 시작해볼게요.

156
과거 미화능력

"옛날옛날에..." 로 시작하는 이야기.
전래동화 속에만 나오는 게 아니에요.
할아버지, 할머니가 살아온 이야기를 들려주실 때마다
참 신기했어요.
빨래터에서 방망이 두들기며 빨래를 했고,
책가방이 없던 시절, 보자기에 책을 싸매고
몇 리나 되는 길을
하염없이 걸어서 소학교에 다녔다는 얘기...
상상만 해도 엄두가 안 나는 걸요.
그런데 할아버지, 할머니들은
그 힘들었던 시절을 얘기하면서
얼굴을 찌푸리거나 억울해하지 않고,
밝은 표정으로 얘기하십니다.
버튼만 누르면 저절로 빨아주고 말려주는데
책가방은 물론이고
심지어 교실마다 있는 사물함에 책을 놓고 다니는데
힘들고 어렵게 살아야만 했던 과거가 억울하지는 않을까요?

인간에게는
지난 일들을 아름답게 기억하는 미화능력이 있는 것 같아요.
아무리 고단하고 힘든 과거였어도
다시 돌아갈 일이 없기 때문에
아련하고 예쁜 추억으로 남은 거겠죠.
오늘도 힘드셨어요?
오늘도 고단하셨어요?
이 또한 먼 훗날에는
수채화처럼 아련하게 기억되겠죠?

157

혼자라서 행복해요

혼술, 혼밥, 혼행…
혼자서 뭐든 할 수 있는 '혼' 시리즈가
많이 등장하죠?
혼밥에 있어서도
패스트푸드점이냐 식당이냐
고기 굽는 집이냐에 따라
등급이 다르던데요.

혼자서 무언가를 한다는 것은
양면성이 있어요.
남들이랑 어울리는 게 귀찮아서
남들 취향 맞추는 게 피곤해서
오직 나만을 위한 혼밥, 혼술을 하는
사람도 있겠지만
같이 할 사람이 없고 상황상 남들과
맞출 수 없어서
혼자여야만 하는 사람도 있으니까요.

어쨌든,
혼술을 하고, 혼밥을 할 때
절대 잊지 말아야하는 게 있답니다.
자존감! 꼭 기억하세요.
자존감 없는 혼자는 그저
외로울 뿐이에요.

158

숨구멍

김치 냉장고가 없던 시절,
앞마당에는 항아리를 묻어뒀습니다.
겨우내 먹을 김장김치를 보관하는 저장고였죠.
김치 항아리 말고도 장독대에는 간장, 된장, 고추장…
크고 작은 장항아리들이 예쁘게 줄지어 있었어요.

우리나라 전통의 옹기, 항아리에는
여러 가지 특징이 있습니다.
그 중에서 가장 신비로운 사실은
항아리가 숨을 쉰다는 거예요.
구멍이 뚫린 것도 아니고,
살아있는 생명체도 아닌데 숨을 쉰다니!
물이나 다른 불순물들이 들어가지는 못해도
미세한 구멍을 통해 공기가 드나들 수 있어
음식이 상하지 않는다고 해요.

옹기의 숨구멍, 항아리의 숨구멍.
쉬이 상하지 않고 오래오래 함께 할 수 있는
신비한 비법이죠?

우리에게도 숨구멍이 필요할 때가 있습니다.
세상과 호흡할 수 있고
나의 일상이 쉬이 상하지 않는
나만의 숨구멍으로 건강한 일상을 지켜야겠어요.

date _____

date _____

shopping list

월급이 통장을 스치기 전에

직장인들이 한 달에 한 번 손꼽아 기다리는 날,
월급날일 거예요.
월급은 통장을 스칠 뿐이라고는 하지만
그래도 잠시나마
열심히 일한 뿌듯함을 느낄 수 있는 날이잖아요.

나라마다 문화는 달라도 첫 월급에 큰 의미를 두는 건
비슷한가 봐요.
첫 월급으로 부모님께 빨간 내복을 선물해드렸던
우리나라 사람들처럼 덴마크 사람들도 첫 번째 월급으로 장만하는 게 있다는데요.
바로 의자랍니다.
하루에 중 많은 시간을 보내는 공간의 가구를 바꾸면
마음이 풍족해지면서 행복지수를 높일 수 있다는 거죠.

행복 비밀은 바로 이런 틈새에 숨어있는지도 모르겠습니다.
큰 선물, 대단한 준비보다는
가장 오랜 시간을 보내는 공간에 대한 배려와 관심 말이죠.
보이지 않는 부분에 대한 관심이
우리를 더욱 편안하게 해줄 거예요.

160

밥총무

반장, 부반장만큼 인정을 받는 건 아니지만
은근히 잔일이 많은 직책이 있었어요.
총무.
회의를 할 때도
청소를 할 때도
수학여행을 갈 때도
총무가 맡은 역할은 막중했죠.

최근 한 드라마에서
새로운 용어 '밥총무'가 등장했어요.
밥총무라니!
매일매일 뭘 먹을지 고민하지 않아도
항상 반가운 메뉴를 먹을 수 있도록 해주는
역할인 거죠.
드라마 속에서는
상사에게 잘 보여야하는 서글픈 모습으로 보였지만
이름만 생소했을 뿐이지
우리 주변에도 밥총무는 있었을 걸요?
"뭐 먹지?"
고민할 새도 없이
"오늘은 비가 내리니까 짬뽕!"
"오늘은 햇살이 좋으니까 샌드위치 들고 공원으로!"
주저 없이 메뉴를 결정해주는 사람.
모임 날짜를 정하고,
여행지를 정할 때도
길게 고민할 필요 없이
깔끔하게 정해주는 애정녀, 애정남 같은 사람.
저는 선곡총무 할게요! 자신 있습니다!

161

평생 안 싸울 수는 없어요

얼마 전 결혼한 후배가 속상해했어요.
3년을 연애하는 동안 다툴 일이 없었는데
결혼하고 한 달 만에 그 사람 실체를 알게 됐다나요?
하루가 멀다 하고 싸우는 걸 보면 완전히
속아서 결혼한 것 같다고요.
그래서 뭐라고 했냐구요?
그냥 웃었죠.
잘 알지도 못하는 남의 남편 편을 들어줄 것도 아니고
금방 화해할 게 뻔하지만 후배 편만 들어주는 것도 아니다 싶어서
'다 그런 거야.' 라고 웃기만 했습니다.

한 번도 싸울 일이 없는 게 천생연분일까요?
글쎄요...
평생 안 싸울 수 있다면 모르지만
언젠가는 불협화음이 시작될 관계라면,
안 싸우는 것보다는
잘 화해하는 법을 터득하는 편이 나을 것 같습니다.

162

속마음 버스

버스에 올라타면 신청자가 올린 사연이 흘러나옵니다.
모래시계가 모두 떨어질 때까지 사연을 경청하고 도중에 절대 끼어들지 않는 게 원칙이래요.
'속마음 버스' 라고 들어보셨나요?
아무리 가까운 사이라고 해도 속마음을 있는 그대로 털어놓지 못할 때가 많습니다.
서운하고, 속상하고, 슬픈지만 다 말하고 살 수는 없죠.
나를 아는 사람들이 아니니까 더 진솔하게 털어놓을 수 있고 중간에 끼어들 수 없으니
더 집중해서 듣게 되겠지요.
속상하고 서운한 마음, 담고 살아가기엔 하루하루가 너무 버거워요.
꽉 찬 휴지통을 비워내는 것처럼 마음속의 이야기들도 가끔 비워주세요.
오늘도 여러분의 속마음 버스가 도착했습니다.
해피타임 버스 안에서 여러분의 마음을 나눠주세요!

163

어른들이 학습지를 하는 진짜 이유

초등학생들이 많이 하는 방문용 학습지... 보신 적 있나요?
어려운 수준의 문제라기보다 반복적인 연산이나 기본 어휘를 늘리는 문제들이 대부분이지만
학습지의 가장 중요한 부분은 꾸준히 해야 한다는 점입니다.
그래서 선생님들은 정답이 틀렸다고 야단을 치지 않고 일주일에 한 번 간단한 체크를 하며
칭찬을 해주세요.
얼마 전에 들은 얘긴데요... 요즘 학습지를 하는 성인 분들이 많이 늘었대요.
그 이유가 더 놀랍습니다. 바로... 칭찬을 듣고 싶어서.
"잘했다!", "다 해놓으셨네요!" 우리에게도 이런 칭찬이 필요했던 거죠.
오늘 저녁엔 '수고했어! 잘했어! 멋진 걸!' 기분 좋아지는 한 마디를 건네볼까요?

164

인사만 잘해도

어릴 때 즐겨보던 프로그램 중에 손바닥의 손금이 닳도록, 허리가 폴더폰처럼 접힐 정도로,
딸랑딸랑 '아부'를 하는 풍자 개그가 있었어요.
그때는 남한테 잘 보이려는 게 그렇게 찌질 하고 못나보였는데 사회생활을 하다 보니
아부가 아니더라도 남의 눈을 의식할 필요는 있겠더라고요.
출근 시간에 딱 맞게 도착하기 보다는 10분, 20분 정도 여유 있게 도착하고
입이 심심할 시간에 혼자만 야금야금 먹기보다는 조금씩이라도 나눠먹는 게 좋겠죠.
하지만 이런 노력을 절대 받아들일 수 없다면, 아주 간단한 방법이 하나 있기는 합니다.
"안녕하세요?" "좋은 아침입니다!" "식사는 하셨어요?"
"내일 뵙겠습니다." "주말 잘 보내세요!"
5초면 해결되는 짧은 인사, 인사만 잘해도 괜찮아요. 오늘도 안녕하셨어요?

165

행복은 멀리 있지 않아요

일본 여행을 다녀온 여덟 살 남자 아이는 가족들과 함께 먹었던 일본의 라멘 맛을 잊을 수가
없었어요. 그렇다고 해서 라멘이 먹고 싶을 때마다 일본에 갈 수도 없는 노릇이었죠.
그러던 어느 날 동네에 일본 라멘집이 생긴 거예요.
아이는 너무 기뻐서 엄마, 아빠와 함께 새로 생긴 라멘집에서 맛있게 먹었답니다.
먹는 동안에 일본 여행에서의 추억 이야기를 나눈 건 당연한 일이었겠죠?
놀라운 건 아이가 라멘집을 나와서 한 말이었습니다.
"행복은 멀리 있지 않았어요! 동네 음식점에 있었어요!"
여러분의 행복은 어디 있나요? 어쩌면 동네 카페에 또 어쩌면 우리 집 욕실에 있을지도 모르는
그 행복을 우리도 한번 찾아볼까요?

166
세상의 작은 쉼표

아파트 사이 길에서
바람을 가르며 버스 정류장을 향해
전력 질주하는 사람을 봤어요.
한눈에 알 수 있죠.
버스 놓칠까봐 급하게 뛰어가는 거잖아요.
참 희한하게도 이럴 때 계속 시선이 갑니다.
처음 보는 사람인데도 결말이 궁금한 거죠.
탈까? 못 탈까?

이제 막 걸음마를 배운 듯한 어린 아이가
넘어질 듯 말 듯 아장아장한 걸음으로
발을 떼는 모습에도
자꾸만 눈길이 갑니다.
넘어질까? 안 넘어질까?
갈 길도 바쁜데
남이 버스를 타든 말든, 아이가 주저앉든 말든
그게 나와 무슨 상관이 있다고
한참을 바라보는 걸까요?

어쩌면 빈틈없이 살고 있는 우리를 위해서
신이 숨겨놓은
세상의 작은 쉼표일지 몰라요.
앞만 보지 말고, 직진만 하지 말고
남들 사는 모습에 잠깐 시선을 주라는 일상의 쉼표.
곳곳에 숨겨진 쉼표를 찾아보세요.

167

바람에 나뭇가지가 살랑이면

사랑을 할 때 나누는 대화는 참말로 유치합니다.
남이 들으면 손발이 오글거리고, 닭살 돋는 멘트들이
나와 그 사람 사이에서만
진지한 약속이 되는 게 바로,
사랑의 속삭임이거든요.

"창밖을 봐. 바람에 나뭇가지가 살랑이면
네가 사랑하는 사람이 널 생각하고 있는 거야."
영화 클래식에서 조승우 씨가 연기했던
준하의 이 한 마디에 얼마나 심쿵했는지 몰라요.

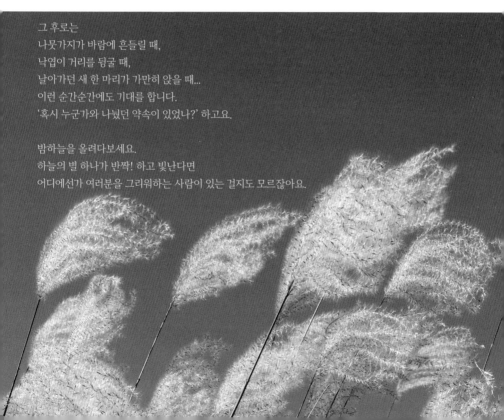

그 후로는
나뭇가지가 바람에 흔들릴 때,
낙엽이 거리를 뒹굴 때,
날아가던 새 한 마리가 가만히 앉을 때...
이런 순간순간에도 기대를 합니다.
'혹시 누군가와 나눴던 약속이 있었나?' 하고요.

밤하늘을 올려다보세요.
하늘의 별 하나가 반짝! 하고 빛난다면
어디에선가 여러분을 그리워하는 사람이 있는 걸지도 모르잖아요.

168

눈물이 줄줄

어려서부터 유난히 눈물이 많은 아이들이 있었어요.
명작동화를 읽다가도 찔끔, 드라마를 보다가도 엉엉, 남의 슬픈 얘길 듣다가 오열하는...
마음 여리고 눈물 많은 사람들.
어릴 때 전혀 그렇지 않았던 사람이 나이 들면서 눈물이 많아지기도 하죠.
영화 보다가 질질, 남의 얘기에 내 일처럼 꺼억꺼억... 왜 그럴까요?
노안이나 안구건조증 때문이라고 하면 너무 재미없고요.
호르몬 분비에 변화가 생겨서라고 하면 너무 진지해요.
그렇다면 나이가 들면서 공감 능력이 커졌다고 하면 어떨까요?
남 얘기 아니고 내 얘기. 언젠가는 나도 겪을 수 있는 일.
다른 사람의 일에 공감한다는 건 어쩌면 정말 행복한 일일지도 모르겠습니다.

169

초보의 순간마다 떠오르는 이름

학교 다닐 때 선생님보다 더 무서운 사람이 있었죠?
바로 위, 1년 선배요.
필요한 조언도 많이 해줬고, 뜨거운 눈물도 같이 흘렸지만
흔히들 1년 직속선배라고 하는 관계는 물리적인 거리는 가장 가깝고,
심적인 거리는 우주만큼 멀었어요.
하지만
학창시절을 지나고 어른으로 살아보니 이런 호랑이 선배들이 그리워지네요.
'옆에 선배가 있으면 얼마나 좋을까...'
어른이 되고 서툰 일을 맡고 엄마아빠가 되던 삶의 초보 순간순간마다
먼저 경험해 본 선배들이 떠오릅니다.

우리는 누군가에게 좋은 선배일까요?

170

당신의 상태 메시지는 무엇인가요?

【달의 뒤편으로】

【문학, 인생의 확장판】

【그 여름 환승투어 그리고 할리데이】

【질문의 숲에서 생각을 여행하다】

【우리 함께】

【날아라 병아리】

【손 시려...】

제 지인들의 상태메시지입니다.

SNS 프로필 옆에 간단히 써둔 글귀를 상태메시지라고 하죠?

올린 사람은 오히려 별 생각 없이 올렸을 수 있지만

읽는 사람은 한없이 큰 의미를 부여하게 되지요.

사람들은 이 짧은 메시지를 통해 요즘 기분이 어떤지...

무얼 좋아하고, 또 어떤 고민을 하는지 한 눈에 알아차립니다.

맞든 틀리든... 남의 상태 메시지에 괜한 호기심이 가는 건 사실이에요.

지금 여러분의 프로필을 열어보시겠어요? 뭐라고 쓰여 있나요?

171

전주가 긴 노래를 준비했어요

수십 년 전의 노래들은 노래의 첫 소절이 시작하기까지 전주가 길어요.
전주만 1분이 넘는 곡들도 있으니까 요즘 노래들에 비하면 꽤 긴 셈이죠.
하지만 지루하거나 촌스럽지는 않아요.
전주마저도 하나의 완성된 곡 같아서 어떤 목소리, 어떤 멜로디가 나올까... 기대하게 됩니다.

한 가수의 인터뷰에서 "요즘은 노래를 들을 때도 전주를 기다려주지 않는다,
그렇기 때문에 전주부터 승부를 봐야한다." 는 얘기를 들은 적이 있어요.

한 호흡 기다려줘도 되는데 한 템포 느리게 가도 아무 상관없는데
우리가 너무 서두르는 거 아닌지 몰라요.
마음이 점점 급해질 때는 심호흡 한 번 해보세요.
오늘 첫 곡은 전주가 긴 노래로 준비했어요.

172
신비로운 까치집

웅장한 나무에 푸르른 잎사귀가 빛을 반사하며
싱그러움을 뽐내던 때가 엊그제 같은데
이맘때쯤 되면 앙상하고 볼품없는 나뭇가지만이
덩그러니 남아있습니다.
그래도 반가운 건,
한 나무 걸러 하나,
두 나무 지나 또 하나,
까치집이 보인다는 거죠.

까치집이 높이 있으면
그해 여름은 덥고, 풍년이 들 거래요.
또 까치가 들락거리는 문이 북쪽에 있으면서 낮으면
태풍이 잦을 거라는 징조랍니다.
그 뿐만이 아니더라고요.
어린 새끼를 키우기 위해
바닥에 온갖 보드라운 털을 깔아서
어찌나 폭신한지...
또 1300여개의 나뭇가지로 지은
그야말로 완벽한 방수의 집이라고도 합니다.

기술이 아무리 발달한다해도
생존을 위해 터득해낸 삶의 비법은 흉내 낼 수 없는 것 같아요.
그들이 살아가는 방법,
점점 더 궁금해지네요.
오늘 하루도 잘 살아내셨죠?

173

소중한 것은 느리게 찾아와요

어느 날 문득 예뻐지고 싶다,
멋져지고 싶다는 생각에
마음이 바빠집니다.
'이 화장품을 바르면 금방 좋아질까?'
'이 옷을 사면 잘 어울릴까?'
'병원 가서 살짝 관리 받으면 좋아지겠지?'
당장 눈앞에 드러나는 변화를 기대해요.

하지만 소중한 것은 그렇게 빨리 얻어지지 않아요.
다이어트 약을 먹어 살을 뺀다한들
꾸준한 운동이 이어지지 않으면
금방 제자리로 가고,
벼락치기로
좋은 점수를 받을 수는 있을지언정
꾸준히 공부하는 사람의
깊이를 따라갈 순 없습니다.

소중한 것은
느린 걸음으로 찾아오는 만큼
우리 곁에 오래 머물 겁니다.

174

음식은 사랑을 싣고

토란국을 끓였다는 말에 동네 엄마들이 신기하다는 듯 말을 건넵니다.
"애들이 골고루 먹나보다. 토란국도 먹는구나?"
그때, 그 엄마의 대답이 참 인상적이었습니다.
"당연히 안 먹지, 나도 어릴 때 안 먹는 거 많았는걸.
그래도 지금 계절마다 엄마가 해준 음식이 떠오르지 않아?
우리 애들도 크면 토란국도 먹고 도다리쑥국도 먹겠지.
계절마다 제철음식 먹으면서 내 생각해주면 좋겠어."

어릴 땐 몰랐는데 나이 들면서 맛을 알아가는 음식들이 한두 가지가 아닙니다.
그 음식에는 반드시 엄마와의 추억이 담겨있죠.
가족과의 추억을 꺼내볼 수 있는 가장 소박한 매개체는 바로 집밥,
우리 집만의 음식일 수도 있겠네요.

175

너와 나의 간격

운전면허 시험을 준비할 때는 고속도로나 시내도로에서 제한 속도,
버스 전용차로를 이용할 수 있는 차량의 종류, 긴급차량으로 분류되는 차량까지
세세히 외우고 공부합니다.
실제로 운전을 하다보면 어려운 건 따로 있어요.
앞 차와의 간격. 차가 많은 도로 위에서 적당한 차간 거리를 유지한다는 건 쉽지 않거든요.
바짝 붙지 않으면 신호 한 번을 더 기다려야 하고,
너무 가까이 붙어서 가면 급정거할 때 위험하잖아요.
애정남, 애정녀가 이런 건 안 알려주나요?
가까워서 부담스럽거나 멀어서 남남처럼 느껴지지 않을 만큼의
적절한 사람과 사람 사이의 거리를요.

176

여행 기념품의 이유

돌하루방, 모래시계, 돌고래 인형...
집집마다 하나씩 있을 겁니다.
물론, 10년 동안 단 한 번도 꺼낸 적은 없지만
볼 때마다 신혼여행의 추억,
아기와 처음으로 떠났던 여행의 추억,
엄마아빠 칠순기념으로 다녀온 여행 추억들이 떠올랐을 거예요.

물론, 기념품을 사는 순간에도
집에 가져와 사용할 거라는 생각은 하지 않죠.
그럼에도 불구하고
여전히 여행지 기념품을 사고 싶은 건 왜 일까요?

행복했던 순간을 떠올리고 싶어서.
세상의 아름다움을 마음에 담던 시간들을
추억하고 싶어서일지 모르죠.
그렇다면 기념품은 제 몫을 하고 있네요.

냉장고에 붙어 있는 자석,
장식장 안에 들어있는 미니어처들을 가만히 바라보세요.
낯선 곳에서 느꼈던 행복을 떠올려보세요.

177

넘치면 곤란해요

말수가 적은 친구를 보면 늘 답답했어요.
어떤 음식을 좋아하는지
어떤 영화를 좋아하는지
어떤 노래를 즐겨듣는지 말을 해주면 좋을 텐데
통 알 길이 없으니까요.
그러다 어떤 이유에서인지
갑자기 말문이 트인 사람처럼
얘기를 쏟아내기 시작했어요.
다른 사람 말할 틈도 없이 계속 자기 말만 하고...
귀보다는 입이 더 바빠진 거죠.

뭐든 넘치는 게 문제입니다.
냉장고 속에 음식이 모자랄 때는 채우면 해결되지만
넘칠 땐 오히려 처치곤란이죠.
욕심이 없는 것도 아쉽지만
욕심이 과한 것이 좋을 리 없잖아요.

적당히,
넘치지 않을 선까지만 채우는 좋은 방법 어디 없을까요?

LONDON

HOLLAND

178
인생은 한방이 아니에요

시간이 없어서,
같이 할 사람이 없어서
운동을 즐기지 않는다는 사람에게
한 지인이 볼링을 추천해줬어요.

긴 시간이 걸리지도 않고
혼자서도 기록을 세울 수 있는 스포츠인데다가
볼링공이 데굴데굴 굴러가는 동안에 긴장감과
묵직한 볼링공이 핀에 팍! 하고 맞는 순간의
짜릿함이 있다나요?

하지만 볼링의 진정한 매력은
남은 스플릿들을 처리하는 과정이라고 합니다.
한 방의 스트라이크보다
끝까지 포기하지 않는 마음.

멋지지 않나요?
포기하지 마세요.
우리의 인생도 한 방이 아니잖아요.

179

인터넷 미아로 살지 말아요

인터넷으로 뉴스도 보고, 요리 레시피도 검색했어요.
사고 싶었던 물건들을 쇼핑하며
신나게 시간을 보냈습니다.
그러다가 컴퓨터를 끌 때쯤 번쩍!
'아까 분명히 인터넷으로 할 일이 있었는데 뭐였더라? 뭐지?'

저만 그런 거 아니죠?
요즘 '인터넷 미아'라는 말이 생길 정도로
비슷한 증상을 겪는 사람들이 많대요.
메일을 확인하려고 앉았다가 인터넷 쇼핑만 하고,
자료 조사하려고 컴퓨터를 켜고는
실시간 검색어 기사만 계속 클릭하고.

머릿속이 복잡해서일까요?
머릿속이 너무 비어 있어서일까요?
분명한 건 우리가 너무 많이 인터넷에 의존하고 있다는 것.
지금도 인터넷을 이용해
라디오를 듣는 분들이 더 많이 계시겠지만,
그럼에도 불구하고
저녁 두 시간만큼은 머릿속을 비워보는 게 어떨까요?

180

반숙과 완숙 사이

삶은 계란 좋아하세요?
가장 맛있다고 생각하는 익힘 정도는
사람마다 다르죠.
어떤 사람은
노른자가 후루룩하고 떨어지는 완전 반숙을,
또 샛노란 노른자가 흐를랑말랑 아슬아슬한 정도의 반숙을
좋아하고
어떤 사람은 맨입에 먹기엔 뻑뻑할 만큼의 완숙을 좋아하기도 합니다.

반숙과 완숙을 결정하는 건 온도와 시간이죠.
사랑도 인생도 그런 것 같아요.
얼마만큼의 온도로
얼마나 길게 사랑을 했는지,
얼마나 뜨거운 열정으로
얼마나 오래 참고 견뎠는지에 따라
인생의 견고함도 달라집니다.

181

밤에는 감각을 활짝 열고

34층 아파트의 꼭대기 층으로 이사 간 친구는
밤마다 사진을 보내요.
"예쁘지? 외국 같지 않아?" 하고 자랑을 합니다.
기다리든 기다리지 않든,
매일 찾아오는 밤인데
아름다운 밤풍경을 볼 수 있어서 행복하다는 그 친구가
왠지 귀엽더라구요.

생각해보니
밤이면 더욱 빛나는 것들이 있습니다.
가로등 조명, 깜깜한 밤하늘의 별빛, 그리고 자동차 불빛도
밤이 되면 더 밝게 빛나죠.
밤이면 더 잘 들리는 소리도 있습니다.
밤새 울어대는 매미소리.
화단의 풀벌레소리.
그리고 옆 사람의 숨소리처럼요.

밤에는 오감을 모두 열고
계절의 소리와 밤의 색감을
마음으로 느끼면 좋겠어요.

182

쉼표 같은 사람

사람을 문장 부호로 표현한 글을 읽은 적이 있어요.

마침표 같은 사람,
이런 사람은 상대방을 배려해서 앞뒤 상황을 알려주고
말을 마무리 짓는대요.
물론 상대를 너무 배려해서 재미없는 사람이기도 하구요.
물음표 같은 사람은 어떨까요?
말끝이 불분명하고, 앞뒤 설명이 거의 없어서
어쩌면 흥미로울 수 있는 사람이랍니다.
느낌표 같은 사람,
이런 사람이랑 같이 있으면
희망이나 꿈을 함께 생각하게 되고
배울 점도 보이죠.
쉽게 말해서 깨달음을 주는 사람이랍니다.

어떠세요?
여러분은 마침표, 물음표, 느낌표 중에
어느 쪽인가요?

저는 쉼표 같은 사람이 되고 싶어요.
일상에 지친 분들,
좋은 음악과 함께 쉬어가세요.

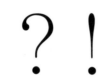

183

셰익스피어의 휴가

"여름휴가는 언제 가세요? 어디로요?"
슬슬 이런 질문이 들리기 시작합니다.
해마다 특색 있는 휴가를 계획할 수 있다면
참 좋겠지만,
현실 속의 우리는 눈치 보지 않고
휴가일정을 잡는 것조차 쉽지 않은 걸요.
'어디를 가는 것'보다 '무엇을 하느냐'가 더 중요하지 않겠어요?

영국 빅토리아 여왕 시대에는
'셰익스피어 휴가'라는 게 있었대요.
셰익스피어 휴가란,
3년에 한 번씩 한 달간 주었던 유급휴가였는데
이 기간 동안 셰익스피어의 작품 5편을 읽고
독후감을 제출해야 했답니다.

한 달씩이나 그것도 유급휴가를 받는다,
대신,
독후감 다섯 편을 제출해야 한다.
좋기도 싫기도 한 참 별난 휴가네요.

184
지금 어울리는 것들

비 내리는 여름날 마시는
스파클링 와인의 청량감은
단연 최고예요.
입안에서 찌릿하게 터지는 탄산이
여름날의 무더위,
습한 공기를 잊게 해주죠.
유난히도 잘 어울리는 조합이 있습니다.
깜깜한 밤에 읽는 추리 소설,
해질녘 퇴근길에 바라보는
붉은 노을처럼 말이죠.

피곤한 하루를 마치고 집으로
돌아가는 저녁은
무엇과 잘 어울릴까요?
그 옛날,
술 한 잔 하고 들어오시는 날에
아버지가 사 오셨던 붕어빵,
지하철 역 앞에서 과일을 파시던
할머니한테 떨이로 사온
흠집난 과일들처럼
우리가 만나는 저녁 시간에는
정겨운 이야기들이 오가면 좋겠습니다.
오늘도 애쓰셨어요.

185
지혜롭게 거절하기

어느 날 갑자기 한 후배가 물었어요.
"언니, 저는 어떤 동생인가요?"
저는 "아주 예쁘고 현명하게 거절을
잘하는 후배?"
라고 얘기해줬는데
그 후배는 저의 대답이 썩 맘에
들진 않았나봐요.
"언니, 제가 서운하게 한 게 있었나요?
거절 잘 안하는 편인데
언니한테 실수한 적이 있었나봐요."

'거절할 줄 안다, 그것도 예쁘고 현명하게
거절할 줄 안다.'
저는 칭찬으로 한 말이었어요.

분명히
힘들고, 버거운 일이라는 걸 알면서도
마지못해 떠안은 일들이 어디 한둘이던가요?
차라리 '이건 제가 못 할 것 같아요.
혼자 할 일이 아닌 것 같습니다.'
이렇게 현명하게 거절하는 편이 낫죠.

너무 일이 많고, 힘들 땐 돌아보세요.
나를 위해서도 남을 위해서도
현명하게 거절하는 연습이 필요합니다.

시작과 끝이 똑같은 이유로

그 사람을 처음 사랑하게 된 순간을 기억하세요?
잘 먹는 모습이 보기 좋아서,
친구가 많고, 누구하고나 잘 어울리는 성격이 좋아서
그 사람을 좋아하기 시작했을 거예요.
하지만,
시간이 지나면서 먹기만 잘하는 게 보기 싫고,
영양가 없이 이 사람 저 사람 만나고 다니는 게
한심하게 느껴질 때가 있습니다.

미국의 터프스 대학의 연구팀이
부부를 대상으로 조사해봤더니
처음 사랑에 빠지는 이유와
결국 이별하는 이유는 거의 같았다고 해요.

지금 내 옆에 있는 그 사람이
가진 게 없고, 못 생기고, 착해빠져서 싫은가요?
곰곰이 돌아보세요.
어렴풋한 지난 어느 날,
가진 건 없어도, 생긴 건 우스워도, 착하기만 해도
마음 설렜던 그날이 있었을 겁니다.

S

M

T

W

T

F

S

187

들어주다

친구의 무거운 짐을 대신 들어주고,
누군가의 간절한 소원을 들어줍니다.
의미는 다르지만, 들어준다는 말은
여러 상황에서 사용되죠.

때로는 말도 그래요.
그저 속상한 마음을 들어준 것뿐인데
답답한 속사정을 들어준 것뿐인데
어떤 사람에게는 다시 힘을 낼 용기를 주고,
다시 살아갈 힘을 주기도 합니다.

무거운 짐을 들어주고,
소원을 들어주고,
이야기를 들어주고...
그러고 보면
무언가를 들어준다는 건
참 아름다운 일이군요.
저도 들어드릴게요.
여러분의 오늘 이야기를 들려주세요.

188
무엇이든 잘해요

요리를 잘하고 싶고,
글을 잘 쓰고 싶고,
사진을 잘 찍고 싶고,
말도 잘 하고 싶어요.
잘하고 싶은 일들이 참 많죠?
그런데 이 모든 물음에 대한 답은 딱 하나랍니다.
잘하는 사람들을 찾아서
많이 보고, 많이 해보는 것.

요리 잘하는 사람의 레시피를 찾아서 음식을 많이 만들고,
좋은 책을 읽은 후에 나의 글을 많이 써보는 것,
사진도 많이 찍어보고,
노래도 자꾸 불러보고...
이런 것보다 더 쉽고 확실한 방법이 있겠어요?

멋진 인생을 살고 싶을 때도 마찬가집니다.
이미 멋진 길을 가고 있는 사람들 곁에서
보고 배우는 거죠.
그리고 나도 멋진 길을 따라가는 겁니다.

189

게임보다 재밌는 걸 찾아요

아이들을 키우다보면
"게임 좀 그만 해라."
이런 말 자주 하게 되죠?
아이들뿐만 아니라
요즘은 어르신들도
그 자그마한 스마트폰을 쥐고
웃었다 찡그렸다,
살고 죽고,
이기고 지고를 반복합니다.

게임을 안 해 본 사람은 있어도
딱 한 번만 해 본 사람은 없을 듯해요.
어른들이 게임을 하는 이유는 이렇대요.

– 적당히 시간을 보낼 수 있어서
– 게임을 하면서 승리감을 맛보려고
– 찌든 현실에서 잠시 벗어나 다른 세상으로 가고 싶어서

이런 이유들 때문에 게임을 한다는 건데
그렇다면 현실 속에서 게임보다 흥미롭고 재밌는 꺼리를 찾아보면 되는 거 아닐까요?
신나게! 기분 좋게!
해피타임을 즐겨보세요.

190
7월의 어느 무더운 날 BGM을 골라주세요

예쁜 사랑을 나누던 두 사람이 결혼식장에서
세상을 향해 행진하는 순간에
멘델스존의 한여름 밤의 꿈이 연주됩니다.
남의 결혼식장에 가서도 그 음악만 나오면
마음이 뭉클해져요.

결혼식뿐만 아니라
특별한 순간에 들리는 음악이 있습니다.
그 장면을 위해 만들어진 게 아닌데도
가장 잘 어울리는 배경음악들이 있어요.
나라별 경기에서 우리나라가 이겼을 때 울려 퍼지는 노래,
축제를 알리는 진행자의 우렁찬 목소리와 함께 퍼지는 노래,
이런 음악들은
현장의 분위기를 두 배 세 배로 무르익게 하죠.

그렇다면 우리도 우리만의 기념음악을 골라보는 거예요.
7월의 어느 무더운 여름날,
그것도 일주일 중에 가장 지쳐있다는 목요일에
나에게 가장 잘 어울리는 노래는 무얼까요?
오늘도 당신의 BGM,
해피타임과 함께 하세요.

191

혼잣말

"내가 뭘 어쨌다고!"
"좀 틀릴 수도 있지. 그게 뭐 대수라고!"
중얼중얼, 궁시렁궁시렁.
주변에 혼잣말을 자주 하는 사람이 있으면
정신이 없기도 하고,
일부러 들으라고 하는 소리인가 싶어
"나?", "뭐라고?" 되묻죠.

속상하거나 억울한 일이 있을 때...
이렇게 혼잣말로라도 궁시렁궁시렁 풀어내는 게
참는 것보다는 훨씬 좋다고 합니다.
상담에서는 혼잣말을 '빈 의자 기법' 이라고 한다는데
마음이 건강해지는 데에 도움을 준다네요.

앞으로는 누가 옆에서 중얼중얼 혼잣말을 한다 해도
눈치주지 말아야겠어요.
그리고 나의 속상한 마음도
가끔 혼잣말로 풀어야겠구요.

192

걱정마, 다 잘될 거예요

패션디자이너로 일하는 한 친구는
큰 쇼를 앞두고는 심하게 스트레스를 받는대요.
그러다보면 꿈으로까지 이어져서
패션쇼에서 모델들이 다 모이고,
시간은 임박했는데 의상이 하나도 없는
상상도 하기 싫은 악몽을 꾸기도 한답니다.

저도 아침에 눈을 떴는데 7시 55분인 거예요.
순간, 깜짝 놀랐죠.
7시 55분이면 생방송 시작하기 5분 전인데
'여긴 지금 어디인가... 이를 어쩌지?' 하고요.
정신을 차리고 보니....
저녁이 아니라 아침이었습니다.
처음 겪는 일은 아니었지만
여전히 놀라고, 여전히 심장이 떨릴 수밖에요.

마음이 많이 놀라지 않게
심호흡을 한번 해볼까요?
걱정 마세요. 오늘도 다 잘될 거예요.

193
익숙한 게 좋아요

어쩌다 다른 사람의 휴대전화를 빌려 쓸 때가 있죠.
스마트폰이 다 거기서 거기지 싶어도 내 것이 아니면 참 어색해요.
문자를 쓰는 자판도, 사진 찍는 어플도...
아주 기본적인 기능조차도 내 손에 익숙하지 않으니까요.
남의 컴퓨터를 빌려 쓸 때도 그럴 겁니다.
내가 쉽게 사용할 수 있게 배열해 둔 바탕화면 하고는 다르니까요.

내 손에, 내 몸에 가장 익숙한 것들이 있습니다.
조금 덜 좋아도, 조금 구식이라도 내게 익숙하고 나에게는 최고인 것들.
그런 소소한 것들의 소중함을 알아주면 좋겠어요.

194
밤의 소리에 귀를 기울여요

아침에 눈을 뜨면
베란다의 토끼들이 밥 달라고 문을 긁는 소리가 들려요.
대문 앞 복도에 아침신문이 툭! 하고 떨어지는 소리,
밥이 지어지는 소리에 구수한 냄새,
윗집 주방에서 식탁의자가 움직이는 소리까지.

전혀 다른 장르의 일들이지만,
고유의 소리가 있기 마련입니다.
때로는 귀 기울여지는 소리이기도,
때로는 귀를 막고 싶은 소음이기도 하죠.

밤이 되면 어떤 소리들이 우리를 유혹할까요?
듣고 싶은 밤의 소리를 상상해보세요.

195

처음을 놓치지 마세요

드라마 마니아들은
절대로 중간부터 보지 않는대요.
첫 화를 봐야 어떤 배경의 드라마인지
주인공들의 어린 시절이 어땠는지를
놓치지 않는답니다.

생각해보면 어떤 일이든 제일 신경 쓰이는 것도
맨 앞부분 아닌가요?
노래의 전주,
영화 시작할 때 나오는 감독과 배우의 이름.
아무리 재밌는 강연일지라도
중간부터 듣다보면 남들이 울고 웃는 타이밍을 이해할 수 없어
처음부분을 놓친 게 두고두고 아쉬울 겁니다.

시작을 놓치지 마세요.
우리들의 저녁이 시작하는 지금,
해피타임의 첫 곡도요.

196
변화의 타이밍

10년 넘게 살아온 집에서 새로운 기분을 내고 싶다면
가족들끼리 방을 바꿔 쓰거나 가구 배치를 새로 해보는 거예요.
매일 똑같은 출근길이 지루해질 땐 다른 경로를 찾아보는 것도 괜찮을 거고요.

살다보면 변화가 필요할 때가 있습니다.
그렇다면 가장 적절한 타이밍은 언제일까요?
누군가는 '뭐든 익숙해졌다 싶을 때 바꿔줘야 한다.' 고 하던데요.

변화에 익숙한 사람들과 변하지 않아야 마음 편한 사람들이 뒤섞여
세상은 변한 듯 변함없이 흘러가고 있나 봅니다.

197
매력적인 제목

스마트폰이나 컴퓨터로 인터넷 창을 열면
시간마다 바뀌는 정보들이 많습니다.
뉴스기사, 맛집 탐방, 여행지 소개, 공연 후기...
분야도 다양하고 양도 어마어마해서
내가 필요한 정보를 한 눈에 찾기가 오히려 쉽지 않죠.
그래서 블로거들이나 기자들이 가장 신경을 쓰는 부분이
바로 제목정하기! 라고 하는데요.
같은 글이라 해도 어떤 제목을 붙이느냐에 따라
조회 수가 많이 차이난다는 거죠.

문득 궁금합니다.
한 눈에 나를 소개할 수 있는 대표 제목,
한 줄로 나를 표현할 수 있는 매력적인 제목은
어떤 것들이 있을까요?

198
느림의 미학

영화 '악마는 프라다를 입는다'의 편집장 미란다는
매일 아침,
비서에게 커피 심부름을 시켜요.
그래서 그녀의 비서 안드리아는
아침 출근길마다 커피전문점으로 달려갑니다.

꼭 영화 속의 이야기만은 아니죠?
아침에 일어나서, 친구들과 만나서, 나른한 오후,
커피에 의지하는 일이 점점 많아지면서
그만큼 커피의 종류도 다양해졌습니다.
시럽 가득 달달한 캬라멜 마끼아또,
부드러운 우유거품이 얹어진 카페라떼,
프라푸치노, 카푸치노, 에스프레소... 수없이 많아요.
그중 일상에 쫓기는 기분이 들 때 생각나는 커피가 있습니다.
한 방울 한 방울 소리 없이 모아진 천사의 눈물, 더치커피.

바쁜 시기를 보내는 중이라면 더치커피를 추천해드릴게요.
열 시간 가까이를 기다려야만 맛볼 수 있는
더치커피의 독특하고 매력적인 향과 맛처럼
잠시나마 느림의 아름다움을 맛보세요.

199

세상의 바탕화면은 보통사람들이 채워요

'가장', '역대 최고의', '제일 큰', '최초의...'
신문기사를 읽다보면 자주 접하게 되는 수식어들입니다.
가장 이러이러한 것들은
왜 이리 많고,
제일 빠르고, 최고로 좋은 것들은
또 왜 이렇게 많은 걸까요?

그러다보니
그저 보통의 삶을 살고 있는 내 자신이
너무 별 볼 일 없는 것처럼 여겨질 때가 있어요.
하지만
우리 같은 평범한 사람이 많을까요?
'최고의', '대단한', '특별한' 사람들이 많을까요?

기죽지 않기로 해요.
이 세상의 바탕화면은
우리 같은 보통의 사람들이 채워가고 있으니까요!

200

공짜로

신용카드 없이 외출을 한다고 생각해보세요.
지갑 안에 만 원짜리 한두 장이 들어있다해도
원하는 걸 마음껏 사기엔 부족할 거예요.
얼마 전에 인터넷에서
웃음, 미소, 가족, 잠, 포옹, 좋은 기억, 사랑 등...
보기만 해도 기분 좋아지는 그림들을 봤어요.
미국의 한 여고생이 그렸다는 이 그림에 붙여진 제목은
'The best things in life are free!'
'세상 최고의 것들은 모두 공짜!' 였습니다.

그렇네요.
엄마가 잡아주는 따뜻한 손길도
아이가 해맑게 지어보이는 밝은 웃음도
살갗을 가볍게 스쳐가는 선선한 바람도.
세상 최고의 선물임에도 모두 공짜네요.

웃음, 위로, 좋은 기억...
그리고 음악도 선물해드릴게요.

201

크고 작은 소리에도
이유가 있어요

음원파일을 열어보면
한 곡의 노래 속에는
들리지 않을 만한 작은 소리부터 아주 큰 소리까지
볼륨의 변화가 있습니다.
그래서 어떤 분들은
작은 소리에는 볼륨을 높이고
또 큰 소리에서는 볼륨을 낮춰 듣죠.
하지만 생각해보면
한 곡의 노래 안에 크고 작은 소리를 담아놓은 건
그만한 이유가 있지 않을까요?

누군가와 이야기를 나눌 때
작은 목소리를 내거나 목청을 높여 큰 소리를 내는 것도
그럴 만한 이유가 있는 것처럼요.
삶이 내게 들려주는 소리를 고스란히 듣는 시간.
어쩌면 우리에겐 그것 또한 연습이 필요한 지도 모르겠습니다.

202
뒷모습

남자의 마음이 가장 나약해지는 순간은
아버지의 축 쳐진 어깨를 봤을 때래요.
뭐든지 다 할 수 있을 것 같았던,
슈퍼맨 같았던 아버지의 뒷모습을 보는 게
그렇게 서글프다고 하죠.
그런데 더 안타까운 건
내가 젊었을 때는 아버지를 지켜볼 여유가 없었다는 겁니다.
내 삶이 힘들어지고, 내 뒷모습이 초라해질 때...
그제야 아들의 눈에 아버지가 들어오는 거예요.
공부하느라 지친 아이들,
하루 종일 생색도 안 나는 집안일에 힘들어하는 아내,
달 보며 출근하고 별 보며 퇴근하는 남편.

멀쩡해 보이는 정면보다
감추고 싶어 하는 뒷모습을 더 세심하게 바라봐주세요.

S _____ T _____

M _____ F _____

T _____ S _____

W _____

203
노력하는 밥순이

동네의 한 언니가 요리수업을 받기 시작했대요.
웬만한 요리선생님 못지않은 음식 솜씨로
소문이 자자한데 말예요.

얼마나 더 잘하고 싶어서 그러느냐고 물었더니
"한 20년 동안 내가 잘하는 요리만 해먹었으니 가족들도 질리지 않겠어?
앞으로 30년은 더 밥순이로 살아야하는데 기술 좀 연마해야지." 라는 거예요.

생각해보면 서툴던 시절에는
부족한 게 뭔지 잘 몰랐던 것 같아요.
20대, 뭣도 모르던 시절엔 손톱만큼 아는 지식으로 으스대지만
나이가 들고 연륜이 쌓일수록
'나는 모자라는 거 투성이구나, 인생에는 정답이 없구나.'
하고 깨우칩니다.

노력하는 밥순이, 고민하는 밥돌이.
참 아름다운 이름들이죠?

204
본질적이고 당연한 일들

밥솥을 새로 사려고 인터넷에서 검색을 해봤어요.
밥이 지어질 때 몇 분 남았다고 또 다 끝났다고
목소리로 알려주는 건 물론이고
쌀눈백미활성화기능, 제빵기능에 자동 클리닝 기능까지...
주부9단이 따로 없네요.

하긴 밥솥뿐만 이겠습니까.
울세탁, 실크세탁, 건조기능에 먼지떨이 기능까지 되는 세탁기,
딱 좋아하는 정도로 익혀서 그 맛을 유지해주는 김치 냉장고도
나보다 낫다 싶을 때가 많습니다.
하지만
제 아무리 똑똑한 기능이 많아진다 해도
가장 중요한 건 본질이죠.
세탁기는 깨끗하게 빨아주고
전자레인지는 따뜻하게 데워주고
밥솥은 찰 지게 맛있는 밥을 지어주는 게 기본 아니겠어요?

할 일이 많아 머릿속이 복잡할 땐
가장 본질적이고 당연한 일들만 생각하기로 해요

205
잠들기 전에 떠오르는 이름

운전을 하고 가는데
앞에 가는 차량번호가 눈에 들어왔어요.
어디선가 많이 본 숫자들의 조합,
하루에도 몇 번씩 전화를 주고받던
그 사람의 전화번호 뒷 번호랑 똑같네요.
사람의 기억이란 건 참 신기하죠?
밥을 먹다가, 길을 걷다가
또 노래를 듣다가도....
뜬금없이 어느 순간에 그 사람의 얼굴과 이름이
스치듯 지나가니까요.

이외수 작가의 《사랑외전》이라는 책에서 보면
잠들기 전 떠오르는 이름 하나는 있어야 인생이라고 하던데
어스름한 어둠이 밀려오는 저녁,
마음 깊은 곳을 스치는 사람이 있나요?

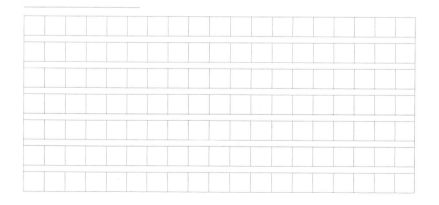

206

사소한 위로

물에 젖은 솜처럼 축 쳐진 어깨가 쇳덩이처럼 무겁게 느껴지는 퇴근길.
집 앞 작은 가게에서 반찬거리를 사는데 "덤이에요!" 하면서 한 움큼 더 담아주네요.
뜻밖의 선물에 하루의 피곤이 다 사라졌습니다.

어쩌면
무거운 마음, 복잡한 머릿속을 해결해줄 수 있는 건 특별한 것들이 아닐지 몰라요.
무심코 건네는 말 한 마디, 자판기 앞에서 커피 한 잔을 같이 마셔주는 짧은 시간, 그리고
토닥토닥 내 마음을 헤아려주는 좋은 노래에도 우린 기대고 있잖아요.
별 것 아닌 일들로 피곤했다면 사소한 위로로 하루에 마침표를 찍어보세요.

울퉁불퉁, 삐죽빼죽

기가 막히게 무모한 친구들이 있었어요.
용감하다고 하기엔 너무 대책 없고
이상하다고 하기엔 살짝 부럽기도 했던 캐릭터.
근데 점잖은 직장에도 그런 사람들이 아주 없진 않던 걸요?
역시, 비정상이라고 하기엔 정상의 기준을 알 수 없고
대책 없다고 하기엔 너무 별 탈 없이 잘 지내는 사람들.

그런데 이렇게 엉뚱하고 무모한 사람들이
결국은 한 건 해내더라고요.
반짝이는 아이디어로 주목을 받거나
넘치는 에너지로
전체를 충전시키는 사람.

자로 잰 듯 반듯한 사람보다
울퉁불퉁한 사람이 세상을 바꾸는 거 아닐까요?
정신 줄을 붙잡지 않으면
틀에 박히고 습관에 젖어서
새로운 걸 전혀 시도할 수 없을 거예요.

휴일 저녁이니까…
조금은 무모해져볼까 봐요.
평소의 반듯했던 나에서 벗어나 조금은 더 자유로운 나로.
우리, 오늘도 두 시간 행복하게 보내요!

208
남들의 수고로 내가 편해요

초보운전 시절, 처음 운전대를 잡았을 때
도로 위의 모든 차들이 나를 보고 달려오는 것 같아요.
뒤에서도, 옆에서도.
반대편 차선에서 오는 차들이
만약에 나에게 달려들면 어쩌지? 하는 두려움이 생깁니다.
그러다 몇 번 운전에 성공 하고,
도로 위에서의 운전이 안정권에 들어서면
자신감이 붙죠.
운전이 체질인 것 같고, 나의 민첩성과 순발력에
감탄을 합니다.

과연 내가 운전을 잘 해서였을까요?
도로 위에서 다른 수많은 운전자들이
불안해 보이는 내 차를 배려해서
양보운전을 해줬던 건 아닐까요?

지금 나의 일이 무탈하게 잘 진행되고 있다는 생각이 들 땐,
한번만 돌아보기로 해요.
나를 받아주고, 나를 위해 뒷바라지해주고 있는
더 많은 사람들의 수고를요.

07.27

209
느린 우체국

영화 '엽기적인 그녀'에서 나왔던 '타임캡슐' 기억하세요?
커다란 소나무 아래 묻어둔 타임캡슐, 그 안에 들어있던 편지.
영화 촬영으로 유명해진 정선의 소나무는
실제로 타임캡슐을 묻을 수 있도록
관광 상품으로 만들어지기도 했죠.

학교 다닐 때 종종 해본 분들도 계실 거예요
당장, 지금의 나에게 쓰는 편지 말고...
10년 후의 나에게 쓰는 편지.

학생 때는 어른이 된 나에게 편지를 쓰면서
어른이 된 멋진 미래를 기대하잖아요.
막상 어른이 되고나니.
뭐 크게 더 멋지게 살고 있는 건 아닌 듯하지만
그래도 1년 후에는, 5년 후에는
좀 나아지겠지... 하는 기대를 버릴 수는 없더라고요.
지금, 편지를 써보세요.
내년, 후년의 내가 받아볼 편지에 어떤 이야기를 쓰고 싶으세요?

210
어색한 말들을 연습 해봐요

천혜진미를 맛보고도...
"맛있다..." 말 한 마디 없는 사람들이 있어요.
"음식이 다... 그렇지 뭐..." 하는 사람들.
가만 보면, 다른 상황에서도 그럴 겁니다.
'꽃이 예쁜 게 뭐. 그럼 미운 꽃도 있나?'
'노래가 노래지 감동은 무슨...'

표현에 어색한 사람들.
하지만, "말하지 않아도 알아요♪♪"
이건 광고에나 나오는 말입니다.
표현하지 않는데... 어떻게 알겠어요?

습관이 들지 않아서
내 마음을 표현하기가 쑥스럽고 낯설더라도
조금씩 연습해보기로 해요.
'정말 좋다!'
'진짜 맛있네!'
'참 고맙다!'

하루에 하나씩 표현하다보면
점점... 익숙해지지 않을까요?

211

Yes or No

"이따가 점심 같이 먹을까?"
몇 번을 고민하고, 연습하고 나름 어렵게 꺼낸 말인데
"오늘 왜 이렇게 일이 많지?"
대답이 이래요.
이건 같이 먹겠다는 건가요? 싫다는 건가요?

"주말에 영화볼래?"
고민고민 끝에 물었더니
"내가 진짜 보고 싶었던 영화가 있었는데 벌써 끝났더라."
이건 같이 보겠다는 거예요? 안 보겠다는 거예요?

긍정도 부정도 아닌 모호한 답변.
적당히 줄타기하고 있다가
안전한 쪽으로 말 바꾸려고 하는 건 아니겠죠?
좋으면 좋다,
싫으면 싫다.
정확히 말해주는 사람이 좋습니다.

212

좋은 일은 소문내요

"오른손이 하는 일을 왼손이 모르게 하라."
성인군자가 아닌 이상 쉬운 일은 아니죠.
조금만 착한 일을 해도 누가 알아주면 좋겠고
조금 크게 잘한 일이 있으면
어디서 칭찬이라도 받고 싶은 게
보통의 우리들 아닌가요?

어릴 때 칭찬 스티커판을 채우려고
어떻게든 착한 일을 만들어했던 때가 있었어요.
착한 일이라는 게 그래요.
처음엔 억지로, 누가 시켜서 할지 모르지만
한 번이 어렵지 그 다음은 점점 수월해집니다.

좋은 일, 잘한 일, 착한 일이 있다면
우리 소문내기로 해요.
그리고 서로서로 닮아가기로 해요.
그 에너지가 널리 퍼져서
우리 사는 세상이 더욱 따뜻하고 아름다워지면 좋겠습니다.

date _____ . _____ . _____

213

My V.V.I.P

주말 백화점은
쇼핑하러 온 사람들, 더위를 피해 찾은 사람들, 맛있는 외식을 위해 나온 사람들로 북적입니다.
주차장까지 들어가는 줄도 꽤 길어서 그야말로 주차 전쟁이죠.
그런데
옆 차선으로 들어와서 발렛파킹을 맡기고 있는 줄도 몰랐던 널널한 주차장으로
쏙 들어가는 차들이 있어요.

Very Important Person, V.I.P!
백화점뿐만 아니라 이동통신사나 은행에서도 특별관리를 해주는 V.I.P들이 있습니다.
씀씀이가 다른 고객, 큰돈을 맡겨놓은 고객. 우리에게도 그런 사람이 있지 않나요?
나에게 가장 중요한 사람, 정말 고마운 사람.
특별히 잘해줄 건 없지만 마음속으로 'Very Very Important Person' 이라고 정해놓은
그 사람을 떠올리면서 웃음 나는 저녁 시간 보내세요.
해피타임의 VVIP들, 어서오세요!

date ....

date ....

214
라디오 중심의 사회

취향이 같은 사람을 만나면
참 반가워요.
굳이 내가 좋아하는 것에 대해서 설명하고 어필하지 않아도
같은 마음을 갖고 있으니까요.
그리고 그런 취향의 사람들이 몇몇 더 모이면
하나의 문화가 됩니다.

얼마 전에 읽었던 글 중에 이런 문장이 있었어요.

"자전거 중심의 사회를 이루려면
자전거를 타는 사람이 더 많아져야 하고
책 중심 사회를 이루려면
저자들이 더 많아져야 한다고 믿는다."

그래서 저는 생각했습니다.
라디오 중심의 라디오 감성의 세상을 이루기 위해서
좋은 음악을 더 많이 고르고 우리의 이야기를 더 많이 담아야겠다고요.
라디오와의 시간 어떠세요?

215

닮았네

친구의 친구를 같이 만나게 될 때가 있죠.
직접적으로 알진 못해도
건너건너 얘기를 들어왔던 사이.
그런데 참 신기한 건
친구와 친구의 친구,
그 둘이 참 비슷하다는 겁니다.

들릴 듯 말 듯 작은 목소리로 조곤조곤 대화하는 것도
다른 제 3자의 이야기를 할 때면
험담 하나 없이 좋은 부분만 얘기하는 것도
음식을 주문하는 취향까지도 똑 닮았어요.

원래 닮은 사람들끼리 가까워지는 걸까요?
아니면
가까이 지내다보니 점점 닮아가는 걸까요?
분명한 건
우리 모두는 주변 사람들과 닮아가고 있다는 사실입니다.
그래서 투덜이와 있으면
만사에 불평불만이 늘어가고
해피 바이러스와 있으면
같이 웃음소리가 늘어난다는 사실.
여러분은 어떤 친구인가요?

216
누가 찍었을까요?

사진을 보면서 여러 생각을 해요.
'어딜까? 누구랑 갔었지?'
'그때 뭘 먹었더라?'
이런 사소한 생각으로 옛 기억에 잠깁니다.

그런데 어떤 사진을 볼 때면
이게 궁금할 때도 있어요.
'누구랑 있는 거지? 누가 찍어줬을까?'
앞에서 사진을 찍어주는 사람이 누구 길래
이렇게 환하게 웃는 걸까?
이런 순간을 포착한 사람은 누굴까?
궁금하죠.

요즘,
스마트폰 카메라 필터 앱들이 정말 다양해졌지만
세상 무엇과도 비교할 수 없는 최고의 카메라 앱은
사랑 가득한 눈길로 찍은
애정필터가 아닐까 싶네요.

사랑하는 사람의 모습 하나하나,
아름다운 자연의 한 순간순간을
놓치지 말고
마음에 담아보세요.

217
눈이 부시게

한 시상식에서 대상을 차지한 배우 김혜자 씨는
수상소감을 드라마 마지막회의 내레이션 대본으로 대신했습니다.

"새벽에 쨍한 차가운 공기, 꽃이 피기 전 부는 달콤한 바람,
해질 무렵 우러나는 노을의 냄새, 어느 한 가지 눈부시지 않은 날이 없었습니다.
지금 삶이 힘든 당신, 이 세상에 태어난 이상
당신은 이 모든 걸 매일 누릴 자격이 있습니다.
후회만 가득한 과거와 불안하기만 한 미래 때문에
지금을 망치지 마세요.
오늘을 살아가세요. 눈이 부시게.
당신은 그럴 자격이 있습니다."

그럼요.
우리 모두는 세상의 모든 행복을 누릴 자격이 있습니다.
오늘도 여러분의 자리를 묵묵히 지켜내시느라
애쓰셨어요.

218

뜻밖의 선물

선물을 뜯는 재미가 있죠. '뭘까? 뭐가 들었을까?' 포장지로 싸여있는 선물을 뜯는
그 짧은 시간 동안 얼마나 설레는지 모릅니다. 물론, 기대 이상의 선물이 나와
만족스러울 때도 있고, '에게? 이게 뭐야?' 하며 실망할 때도 있었지만요.
그런데 어른이 되고나서부터는 자꾸 먼저 물어봐요.
"갖고 싶은 거 알려줘" 그러고는 빤히, 이미 다 알고 있는 선물을 받게 되잖아요.
가끔은 전혀 특별하지 않은 날, 아무 기대도 없이,
전혀 예상하지 못했던 깜짝 선물! 같은 기쁨을 만나고 싶네요.

음악이 있으면
외롭지 않아요

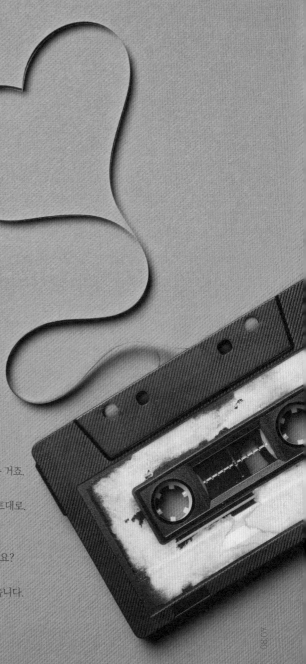

운전을 오래해야하는 날이 있어요.
평소에 운전하는 걸 좋아하는 편이어서
이런 날이 싫지만은 않은데요
유난히도 차가 많은 날,
저 앞에는 사고 난 차가 길을 막고 있고,
거기에 비까지 내린다면
운전대를 잡고 있는 게 쉽지 않았습니다.

오늘이 제게는 딱 그런 날이었는데요.
그래도 다행이었던 건!
차 안에서 혼자 음악을 들을 수 있었다는 거죠.
때로는 라디오에서 선곡해주는 대로
또 때로는 제가 저장해놓은 플레이리스트대로.
음악이 있어서 외롭지 않았어요.

혹시, 오늘 만만치 않은 하루를 보내셨나요?
좋은 노래, 소박한 이야기가 있는,
이 시간이 여러분께도 위로가 되면 좋겠습니다.

220
넉넉한 섬의 품으로

지도상으로는 바다 한 가운데 있는
작은 조각처럼 보이는 땅덩어리.
배를 타고 바다를 가로질러 도착한 곳에는
또다른 세상이 펼쳐집니다.
맑은 공기와 울창한 숲이 제일 먼저
사람을 반기고,
푸른 바다와 새하얀 파도가
사람의 마음을 사로잡는 곳,
섬.

섬에서 우리는 낯선 이방인이 되기도 하고
또 가장 나다운 나를 발견하기도 합니다.

가고 싶어도, 떠나고 싶어도
내 마음대로만 움직일 수 없어요.
세상의 흐름에 따를 수밖에 없는
섬에서의 일상은
사람을 초연하게 만드는 힘이 있습니다.
알면 알수록 매력이 넘치고,
가볼 수록 또 가고 싶은 곳.

8월 8일 오늘은 섬의 날입니다.
쳇바퀴 돌듯 바쁘게 살아가는 일상에서
잠시 벗어나고 싶을 땐
그 언젠가 우리를 반겨줬던
넉넉한 섬의 품을 떠올려보세요.

221

쓴소리를 거름삼아

무대 위에 서는 사람들은 대중의 관심과 사랑으로 살아가죠.
그러다보니
"잘 봤어요, 잘 들었어요." 이런 맛있는 인사만 듣는 게 아니라
"그게 뭐냐? 별로다!" 등등
하는 악플을 마주하기도 합니다.

얼마 전 한 가수가
"드디어 나에게도 악플이 생겼어요.
제 음악을 관심 갖고 들었다는 얘기 같아 오히려 기쁩니다!" 라는 말을 했습니다.
마음이 건강한 친구 같았어요.

대중은 얼마든지 좋아할 수도 싫어할 수도 있습니다.
다만,
듣기 힘든 말들을 나의 성장에 밑거름으로 쓰는 건
예술인들의 몫이죠.
어쩌면 예술인뿐만 아니라 우리 모두의 일상이 그래요.

좋은 소리만 듣고, 지적하는 소리에 서운해하다보면
아무도 진심어린 조언을 해주지 않을 걸요?
입에 쓴 약이 몸에 좋은 것처럼
듣기 싫은 말들이
나를 성장시킨다는 걸 잊지 말아야겠어요.

222
성공의 기준

한 래퍼는 '성공의 기준'에 대해서 이런 말을 했습니다.

"지금 제게 성공은 맛있는 것을 많이 먹는 삶이예요
미련하게 많이 먹는다는 게 아니라,
맛있는 걸 먹고 싶을 때 내 돈 주고 먹을 수 있고,
주변 사람들에게도 언제든 사줄 수 있는 정도의 부를 갖는 겁니다."

그 어떤 성공의 기준보다
가장 올바람직하지 않나요?
정성 들인 한 끼의 식사를 할 수 있고,
마음이 담긴 한 끼를 좋은 사람들과 함께 하고,
배고픈 이들에게 한 끼를 선물할 수 있는 삶.
이보다 더 행복할 수 있을까요?

223

하루만 미뤄도 꽉 차요

매일매일 바쁘게 살아도
우리는 늘 못 다한 일들이 많아요.
매일 놓치고 미루고 쌓이는 날들의 연속이죠.

생각해보면
큰일을 미루는 경우는 거의 없어요.
만만하고, 자잘한 일들을 미루죠.
그런데 그 별 것 아닌 일들이 쌓여서
아주 불편해집니다.
하루 이틀 빨래를 안 했더니
신을 양말이 없고요,
한 끼 두 끼 설거지를 미뤘더니
밥 먹을 수저가 없어요.

마음도 매일 비워내세요.
별일 아니라서,
지금은 크지 않아서,
이런 이유로 자꾸만 쌓아두면
나중엔 꽉 찬 휴지통처럼 비워내기 힘들 거예요.

224

졸릴 때 자고, 배고플 때 먹는 최고의 하루

아침에 일찍 일어나야 부지런하다는 얘길 듣고,
시간 맞춰 세 끼를 챙겨먹어야
'사람답게 사는구나.' 라고들 여겨요.
주말이면
가까운 데라도 놀러 가야할 것 같고,
영화라도 한 편 봐야할 것 같죠?

왜요?
하루 세 끼 먹어야하는 거,
아침엔 일찍 일어나야하는 거
정해진 건가요?

때론
시계를 보지 않고
내 바이오리듬대로 살고 싶습니다.

졸릴 때 자고,
배고플 때 먹고,
나가고 싶을 때 외출하는
이런 주말 괜찮지 않나요?
거실에 누워
식탁에서 멍하니
라디오와 함께 나만의 시간을 보내보세요.

225

그때 널 만나길 정말 잘했지!

일흔이 넘은 동네 아주머니 한 분이
헬멧을 쓰고, 선글라스를 쓴 채로
편안하게 자전거에서 내려 장바구니를 챙기는 모습이
정말 멋졌어요.

"내가 살면서 제일 잘 한 게 자전거를 타기 시작한 거예요.
그때 자전거를 안 배웠더라면 지금처럼 건강하지도 못했을 거고."
저도 모르게 넋을 잃고 한참동안 자전거 찬사를 들었습니다.

돌아보면 우리 모두에게는 그런 시작이 있었을 거예요.
그때 시작하기 참 잘했다....싶은 시작점.
악기를 배우기 시작했던 그때,
봉사활동을 처음 시작했던 그때,
그림을 그리기 시작했던 그때,
아침 운동을 시작했던 그때.

비록 시작은 보잘 것 없었지만
시간이 흐르고, 계속 쌓이면서
언젠가는 '그때 시작하길 참 잘했지!' 싶은 때가 오는 거죠.

오늘이 바로 그날일 수도 있습니다.
그날, 그때, 내가
라디오를, 해피타임을, 쑨D를 만나길 참 잘했지!

226
하고 싶은 일을 위한 첫 걸음

바쁜 일만 끝나면
여행도 가고, 책도 읽고, 친구도 만나고,
영화도 볼 거라고 마음먹었지만
이 일이 끝나면 다른 일이 기다리고 있죠.
이 다음에 돈을 모아서
부모님께 효도해야지,
라고 생각하지만
벌만큼 벌었다고
스스로 인정하는 때는 절대로 오지 않을 거예요.

얼마전 읽은 한 책에 이런 말이 있었습니다.
"가보고 싶고, 이뤄보고 싶고, 도전해보고 싶은
모든 것들을 지금부터 조금씩 경험해보세요."

누구에게나
상황이 여의치 않아서 스스로 접고 사는 일들이 있습니다.
지금,
그 첫 걸음을 시작해보기로 해요.

227

어느 쪽이든 내 몸이 좋다면

놀이동산에서 제일 무섭다는 롤러코스터,
워터파크의 어마무시한 슬라이드.
스릴 있는 놀이기구를 즐겨 타시나요?
이런 걸 탈 것도 아니면서
사람 많은 놀이동산에 왜 가냐고
반문하는 사람도 있지만
극한 짜릿함이 아니어도
충분히 재밌다고 느끼는 사람들이 있습니다.

사람마다 여름을 즐기는 방법도 다를 거예요.
급류에서 스릴만점의 래프팅을 타고,
바나나보트를 확 뒤집어 물에 빠뜨리고...
이렇게 몸으로 노는 걸 좋아하는 사람이 있는가하면
에어컨도 필요 없이
잔잔한 선풍기 바람에
스마트폰으로 드라마 한 편 보는 게
지상낙원이라는 사람도 있죠.

어느 쪽이든
내 몸이 원하는 방법으로
무더운 토요일 밤을 즐겨보세요.

228
남들은 관심 없어요

남들의 시선 때문에 신경 쓰이는 일들이 있어요.
옷차림이나 헤어스타일은 물론이고
배꼽 빠질 만큼 웃긴데
가벼워 보일까봐 입 가리고 호호호 웃는 것.
사용하는 데에는 아무 지장이 없지만
너무 낡고 허접해서 버리게 되는 물건들도 있죠.

하지만
다른 시선으로 생각해보세요.
우리
남들한테 그만큼 관심 없잖아요?
사람들도 그래요.
내 삶에, 다른 사람의 삶에 시시콜콜 관심가질 여유 별로 없습니다.
의미 없는 남들 시선 때문에
소중한 내 삶을 너무 낭비하지 마세요.
내 마음이 편하고, 내 속이 편안한 하루.
오늘도 그런 하루였길 바라봅니다.

229

껐다 켜기

아무리 성능 좋은 컴퓨터라 해도
어느 순간
속도가 느려지고, 답답해집니다.
이렇게 저렇게 손을 대보지만
방법은 하나예요.
다 지워버리고, 새로 다시 세팅하는 수밖에요.

가끔
이미 꼬일 대로 꼬여버린 우리의 삶도
그렇습니다.
이렇게 손보고, 저렇게 손을 대봐도 잠깐일 뿐,
말끔하게 리셋 해야하는 때가 있는 것 같아요.
서두를 것 없이 새로 출발해볼까요?

230

3보 후퇴, 다시 출발

멀리 뛰기를 할 때 제자리에서 뛰지 않죠.
몇 걸음 뒤로 물러서서 도움닫기를 하고,
힘껏 뛰어오릅니다.
공을 멀리 던질 때도 마찬가지예요.
앞으로만 던지지 않고,
팔을 뒤로 젖혔다가 힘껏 던지잖아요.

멀리 가기 위해서 감수해야하는 후퇴가 있는 법입니다.
뒷걸음질을 두려워하지 마세요.
3보 후퇴했다가 다시 시작해도
늦지 않습니다.

231

휴일은 쉬라고 있는 거죠

배달음식도 직접 전화를 걸기보다는
스마트폰 앱을 이용해서 주문하는
손가락 세상입니다.
먹고 싶은 메뉴를 고르고,
원하는 배달 시간대를 입력하고,
운이 좋으면 할인쿠폰까지 사용해서
아주 편하게 음식을 주문합니다.

배달앱을 기반으로 조사를 했는데
일주일 중에서 제일 주문량이 많은 요일은
바로 일요일,
그리고 오후 1시에서 2시 사이의 주문이 가장 많았다고 합니다.

그럼요.
휴일은 쉬라고 있는 거잖아요.
일주일 내내 밖에서, 안에서 열심히 일한 여러분!
빵빵하게 충전하세요.
(그나저나 배달하시는 분들은 언제 쉬시죠?)

232
다행이다

내내 약속 없다가
꼭 한날한시에 결혼식이 겹쳐서
곤란할 때 있어요.

매일 일찍 다니다가 딱 하루 지각했는데
하필 그런 날,
엘리베이터에서 사장님을 만나고
집에서 늦게 출발한 날에는
왜 꼭 도로 위에 차가 왜 그리 많은 걸까요?
물론
살다보면 이렇게 꼬이는 날도 있지만
다행이다 싶을 때도 있습니다.

올랑말랑했던 감기를
무사히 넘겨 다행이었고,
약속 시간 늦어서 발을 동동 구를 때
친절하고 센스 있는 택시 기사님을 만나
맘 편히 갈 수 있던 것도 다행이었어요.
보고 싶었던 영화가 개봉관에서 내려가기 전에
본 것도 다행이었습니다.

피곤하고, 정신없던 하루였지만
그래도 하루의 마무리를 라디오와 함께 해서
참 다행이네요.

233

목련꽃을 보니까 네 생각이 나더라

참 오랜만에 보는 후배의 이름으로
문자가 하나 도착했어요.
"언니, 요즘 잘 지내요?"
"그럼, 잘 지내지. 너는? 별일 없지?"
그렇게 시작된 문자는
몇 번을 오고가다가 결국 전화통화로 이어졌습니다.

가끔 그런 날이 있죠?
'목련꽃 보니까 너 생각이 나더라?'
'바람이 참 부드러워서 네 목소리 듣고 싶었지!'
이런 말, 사람 마음 참 설레게 해요.

사람과 사람 사이의 긴 인연은
어쩌면 간단한 문자 한 통,
전화 한 번으로 이어지는 것 같습니다.
오늘 저녁엔
그런 얼굴들에게 안부를 물어보면 좋겠네요.

234

마음의 비밀번호

한 친구가 아침에 너무 피곤해서 일어날 수가 없더래요.
그래도 출근은 해야 하니 억지로 깨 스마트폰을 열었는데
'홍체인식불가'로 몇 번을 실패하다 결국 잠금 상태가 되어버렸답니다.
제가 중고등학교 시절에 봤던 영화에 그런 장면이 나왔어요.
비밀 기술이 들어있는 실험실에 들어갈 때 렌즈에 눈을 갖다 대면 문이 열리는 거죠.
그땐 정말 상상도 못할, 말도 안 되는 일이었던 홍체인식 기술이
실제로 사용되고 있는 세상입니다.
홍체인식으로 출퇴근 시간을 파악하는 회사도 있고 스마트폰 비밀번호 대신에 홍체인식 기능을
사용하는 분들도 많긴 하던데 최첨단, 신기술들이 꼭 좋은 것만은 아닐 수도 있겠네요.

라디오는 그렇지 않습니다.
홍체인식? 비밀번호? 그런 거 없구요.
마음으로만 출석하셔도 됩니다.

235

제 2의 고향

마음이 힘들고 지칠 때 생각나는 장소가 있어요.
딱 한 번 가본 곳이지만 언젠가는 꼭 다시 가보고 싶은 여행지일 수도 있고
순수한 어린 시절을 보냈던 옛 고향일 수도 있죠.

미국인인 헤밍웨이가 《노인과 바다》를 쓴 곳은 쿠바였고,
독일인인 바그녀는 생의 마지막 오페라 '파르지팔'을 이탈리아 라벨로에서 썼다고 합니다.

누구나 인생의 한마디가 심어진 마음 속 제2의 고향을 간직하고 있죠.
편안한 쉼이 필요한 날, 어디로 가고 싶으세요?

236
선택적 포기

정해진 숙제가 있을 때는 오히려 편했던 것 같아요.
몇 쪽부터 몇 쪽까지 문제집 풀거나, 일기를 쓰거나, 만들기를 해가면
그날의 할 일은 다 끝나는 거잖아요.

하지만 성인이 되고나니 내가 세운 계획을 실천한다는 게 참 어렵더라고요.
마음속엔 해야 할 일들이 가득하지만 꼭 오늘이 아니더라도
크게 상관없는 일들이라 자꾸만 미루게 되죠.

머릿속에만 존재하는 아무도 검사해주지 않는 숙제들이 하나 둘 쌓여갈 때
마음이 답답해지고 무기력해집니다.

방법을 찾아냈어요.
선택적으로 포기! 하는 건 어떨까요?
하나의 몸으로 우리가 어떻게 그 많은 일들을 해내고 살아요?
때로는 나를 위해서 내려놓는 연습이 필요합니다.

고장 난 시계

저녁에 밥을 먹고, 과일도 챙겨먹고 .시계를 봤는데 아직도 3시 밖에 안 된 거예요.
이게 무슨 일인가 했는데 알고 보니 거실 벽시계가 고장 났던 겁니다.
고장 난 시계 하나 때문에 몇 번이고 깜짝 놀랐죠.

요즘 날씨를 보면 고장 난 시계 속에서 살고 있다는 느낌이 들기도 합니다.
이렇게 매서운 꽃샘추위에 입춘이라고 하질 않나,
폭염에 열대야로 헉헉대고 있는 와중에 오늘이 입추라니요.
아무리 더워도 이 무더위가 한겨울까지 갈 리 없겠지만
바람이 불어오기를 마음속으로 바라봅니다.

함께, 천천히, 멀리

능력 있는 사람이 자기보다 뒤처지는 사람과 함께 일을 하는 건
답답하고 비효율적일 수 있어요
하지만, 우리가 혼자 해낼 수 있는 일이 얼마나 될까요?
성격이 예민하고 승부욕이 강한 사람들에게
심리학자들은 팀을 이뤄서 생활하라고 조언합니다.

오케스트라의 연주, 스포츠팀의 경기는 혼자만 잘한다고 해서 되는 일이 아니죠.
혼자 가면 빨리 가고 함께 가면 멀리 간다고 합니다.
많은 사람들이 조화를 이룰 때 우리는 더 멀리, 더 아름답게 해낼 수 있을 거예요.

239
이래서 다들 아직 '라디오 라디오' 하는구나

세상에 널리고 널린 책들 중에서
유독 사랑받는 책들,
그것도 아주 오랜 기간 동안 사랑을 받아온
소위 '스테디셀러'라고 불리는 책들은
몇 번의 세대가 지나가고
세상이 바뀌어도
끊임없이 사랑받고 있습니다.

「명불허전」이라는 말이 있어요.
'이름은 헛되이 전해지지 않는다.'
'명성이나 명예가 헛되이 퍼진 것이 아니다'라는 뜻이죠.
소문난 장인, 소문난 여행지, 소문난 공연에는
다 그만한 이유가 있습니다.

가끔 저도 소망할 때가 있어요.
언젠가는 더 많은 사람들이
'이래서 다들 해피타임, 해피타임 하는구나!'
'이래서 아직 라디오, 라디오 하는구나!'
라고 얘기하는 때가 오면 좋겠습니다.

240
소리가 들려요

깜깜한 밤
풀벌레들이 풀 사이를 헤치고 움직이는 소리,
장작불이 활활 타오르는 소리,
빗물이 타닥타닥 떨어지는 소리...
대단히 특징적이거나 자극적인 소리는 아니죠.
하지만
듣다보면 나도 모르게 빠져들고,
멈추지 못하고 계속 듣게 됩니다.

우리의 기억은 다양한 방법으로 남아있어서
때론 소리를 듣는 것만으로
옛 추억을 떠올리게 됩니다.
사각사각 연필 깎는 소리에
필통 속 연필을 챙겨주시던 엄마의 손이 떠오르고
사르륵 부는 바람소리에 잔디밭에 앉아있던
연애시절을 떠올리기도 할 거예요.

오늘을 떠올리게 하는 소리는 어떤 게 있을까요?
바빠서 뛰어가던 발소리?
울려도 울려도 받지 않는 전화벨 소리?
해피타임 안에서 듣는 음악도
오늘을 떠올리는 행복한 기억으로 남으면 좋겠습니다.

241
말의 온기

어떤 사람의 말은 똑같은 말인데도
어쩜 그렇게 기분이 좋아지는지 몰라요.
그 사람에게서만 느낄 수 있는 말의 힘이
있습니다.

불안해서 떨고 있는 누군가에게
막연하게 괜찮다고 하기보다는
"너무 긴장하지마. 알았지?" 하며
마음을 안정시켜주고,
큰 잘못을 하고
주눅 들어 있는 사람에게도
"처음엔 다 그래, 누구나 실수할 수 있어.
하지만 두 번은 안된다."
라고 당근과 채찍을
골고루 섞어줄 수 있는 사람.

말은
힘도 있고, 온도도 있고,
촉감도 있는 것이어서
어떤 말투로,
어떤 마음으로 하는 말인지
상대방이 모두 느낍니다.

누군가에게
위로가 필요하고, 응원이 필요한 순간,
우리는 어떤 말을 해줄 수 있을까요?

242
오늘의 오프닝

방송작가들이 원고를 쓸 때
제일 먼저 고민을 하는 부분이
바로 오프닝일 겁니다.
오늘의 방송을 여는 이야기에
관심 갖는 사람들이 있고
또 그에 따라서 그날 방송의 이야기 거리들이
달라지거든요.

저도 그래요.
저녁 8시가 되고 시그널이 울리고
오늘의 오프닝을 읽으면서
여러분은 어떤 생각을 하실까,
궁금해질 때가 있어요.

우리의 하루를 방송 또는 공연이라고
생각한다면
여러분의 하루에도
오프닝과 클로징이 있을 겁니다.
아침이면 나의 하루를 열어주는 순간,
그리고 저녁이면
피곤한 하루를 잘 여며주는 또 하나의 순간.
노을이 아름다운 저녁 8시,
해피타임은 여러분 하루의 클로징이 되겠죠?
차분하게 그리고 느슨하게 오늘을
마무리해보세요.
멋진 배경음악은 해피타임이 준비해드립니다.

243
한 달에 한 번 하루에 한 번

한 달에 한 번 나오는 음악잡지를 받으려고 긴 줄을 서본 분들은 기억하실 거예요.
무언가를 기다린다는 게 얼마나 설레는 일 인지를요.

요즘은 한 달에 한 번 책을 받아볼 수 있는 서비스도 있고요..
정해진 요일에 예쁜 꽃다발을 보내주거나
심지어는 자동차까지도 정기구독을 하기도 한답니다.
직접 찾아가서 비교하고 고민하고 선택하는 재미는 없겠지만
매주, 매달 새로운 무언가를 만날 수 있는 반가움이 클 것 같아요.

여러분도 정기구독 하고 계시잖아요.
라디오를, 해피타임을, 그것도 매일매일.
오늘도 편안한 저녁 시간,
라디오와 함께 해주세요.

244
나팔꽃의 꽃말

거리에서 나팔꽃이 예쁘게 핀 걸 봤어요.
연한 보랏빛이라고 할까요?
초록 잎들 사이에서 고개를 내민 나팔꽃잎이 반갑더라고요.

검색을 해보니 나팔꽃은 8월경에 피는 꽃이었어요.
아마도 여름 내내 나팔꽃 구경도 못한 저를 위해서 일부러 게으름을 피운 !!
성격 좋은 나팔꽃이 아니었을까 싶었습니다.

생김새가 나팔모양을 닮아서
'기쁜소식'이라는 꽃말을 가지고 있다는
나팔꽃처럼
기쁜 소식 많이 들려오는 9월이면 좋겠습니다!

245

틈이 생겼어요

일상에서 꽤 많은 비중을 차지하고 있던 부분을
쏙 빼면 어깨가 한결 가벼워지겠죠?
직장인들에게는 휴가가 그럴 거고,
아이를 키우는 부모들에겐
수련회를 보냈을 때 느껴지는 기분이죠.

촘촘하게 채워져 있던 하루에 틈이 생겼을 때
뭘 할까요?
밀린 잠을 잘까요?
집안 새 단장을 할까요?
아니면 가까운 데라도 여행을 다녀올까요?

이런 기회가 1년에 몇 번이나 찾아올지 모르지만
고민하다가 흘려보내지 않게
미리 생각해두세요.

246
마음의 에센스

아침에 머리를 감고 나서
헤어에센스를 발랐어요.
푸석푸석했던 머리카락이 이리저리 날리는 일도 적고,
훨씬 차분해보이던데요?

얼굴도 그럴 겁니다.
여름이면 햇빛에 피부가 상할까봐
자외선 차단제도 꼼꼼히 바르고,
겨울이면 건조해지는 피부에
수분가득 또 유분가득 채우고 또 채우죠.

아마
마음에도 필요할 거예요.
아픈 마음, 상한 마음을 어루만져주는 손길.
기쁜 마음, 자랑하고 싶은 마음, 축하받고 싶은 마음을
바라봐주는 눈길.
오늘은 여러분 마음을 더 많이 보여주세요.

247
멘토

그리스 신화에서
오디세우스는 트로이 전쟁을 위해 떠나면서
지혜로운 노인에게
자신이 없는 동안,
아들 텔레마커스를 보호해달라고 부탁합니다.
그 노인은 오디세우스가 돌아올 때까지
텔레마커스의 친구, 선생님, 상담자
또 때로는 아버지가 되어 돌봐주었어요.

그의 이름을 따서
오늘날에도 '한 사람의 인생을 이끌어주는 자'를
멘토라고 부릅니다.

사회생활을 하면서
기준이 흔들리고, 마음이 일렁이고
누군가의 조언이 필요한 순간이 있습니다.
인생에서 진정한 멘토를 만날 수 있다면
정말 감사할 일 아닐까요?

248

고민이 있을 때는 기분을 적어보세요.

고민이 생겼을 때는 어떻게 하세요?
친구나 가까운 지인에게 고민을 털어놓기도 하고,
아니면 고민해야하는 순간을 회피하려고
애써 다른 방법을 찾기도 하죠.
이를테면, 잠을 청하거나 노래방을 가거나 술을 마시거나.

'고민이 있을 때는 기분을 적어본다.'
어느 책에서 읽은 건데,
'고민'이라고 커다랗게 써놓은 종이 위에
고민하는 이유와 기분을 적어보래요.
그러다보면
이건 글로 적을만한 고민이 아니구나 싶은 것들을 지우게 되고
신기하게도 마음이 정리된다고 합니다.

불필요한 감정의 찌꺼기들이 많이 쌓였을
주말 저녁입니다.
우리도 종이 위에 써볼까요?
고.민.

249

내 삶의 드레싱

양상추, 파프리카, 토마토, 삶은 계란, 치즈 등을 잔뜩 넣고
맛있는 샐러드를 해먹어요.
건강한 재료에 드레싱을 부어서
더 다양한 맛을 볼 수도 있습니다.
오리엔탈 드레싱, 발사믹 드레싱, 이탈리안 드레싱,
어떤 맛 좋아하세요?
평소에 좋아하지 않던 재료도
상큼한 드레싱 맛에
아무렇지 않게 먹기도 하죠.

우리 삶에도
드레싱이 필요하지 않을까요?
좋은 일에 한껏 들뜬 마음을
더욱 달콤하게 해주고
일이 힘들고 고되어서
쓸쓸해진 맛은 덜어주는
드레싱.

삶의 드레싱이 있다면,
아마도 그 이름은 음악 아닐까요?

250

결국, 나는 나

땡감을 익히면 홍시가 되고,
말리면 곶감이 되죠.
갓 잡아 올린 싱싱한 생태,
꽁꽁 얼린 동태,
바짝 말린 북어,
꾸덕꾸덕하게 반건조한 코다리,
이름은 달라도
모두 명태를 말합니다.

가만 생각해보면
우리도 땡감이나 명태와 다를 게 없어요.
집에 가면 엄마, 아내로 살아야하고
밖에서는 김과장, 이선생으로 불리잖아요.

저도 그렇습니다.
딸이고, 며느리고,
아내고, 엄마고,
수많은 이름으로 살아가지만
결국은 나, 황순유일 뿐이죠.

251
디테일이 다른 매일

한동안 유행이었던
'지.못.미'라는 말이 있어요.
못생기게 나온 사진을 공개한다거나
몹시 부끄럽고 망신스러운 일을 얘기할 때 사용했죠.
'지켜주지 못해 미안해.'

지킨다, 지켜준다는 게 뭘까요?
약속을 지키고,
비밀을 지키고,
내 가족을 지키는 일.
지키고, 지켜준다는 말은 참 소중합니다.
그리고
무엇보다
우리의 일상을 지켜나가는 일이 중요하죠.

멀리서는 똑같아 보이지만
가까이서 보면 디테일이 다른 우리의 일상,
오늘도 잘 지켜내셨나요?

S _____

M _____

T _____

W _____

T _____

F _____

S _____

252
볼 수 있을 때 보고 사는 게 남는 인생이래요

"볼 수 있을 때 보고 사는 게 남는 인생이에요."

얼마 전 드라마에서 나왔던 대사입니다.
잠시 생각할 시간을 보내던 여자는
그 말 한 마디에 남자를 향해 달려가죠.
박보검이고 송혜교라서가 아니라
썸 타는 사이라서가 아니라
정말 맞는 말인 것 같았어요.
절대 다시는 만날 수 없는 사이도 있는데
살아있다면, 좋아한다면,
마음에 두고 있다면
볼 수 있을 때 보고 살아야지요.
마냥 다음으로 미루기만 하다가
보고 싶어도 다시 볼 수 없는
사이가 될지 몰라요.

볼 수 있을 때 보고
만날 수 있을 때 만나고...
오늘도 남는 하루였기를.

253
짚신의 법칙

'짚신의 법칙' 이라고 들어보셨어요?
짚신에도 짝이 있듯이
사람마다 맞는 짝이 있기 때문에
굳이 싫은 사람과 억지로 친해지려
애쓰지 말라는 뜻이랍니다.

시간에 쫓기고,
돈에 울고,
일 때문에도 힘들지만
결국
가장 힘든 순간은
사람과의 관계에서부터 시작되는 것 같아요.

양발에 다른 짝의 짚신을 신고 걸을 수는 없잖아요.
인연이 아니라면, 내 짝이 아니라면
한 발자국 떨어져서
서로 바라보는 관계로 유지하는 것도 나쁘지 않겠죠?

있을 때 잘 해

'든 자리는 몰라도 난 자리는 안다'고 하죠.
한 여름 내내 목청껏 울어대던 매미들 소리가 사라지고 나니
이제야 서운한 맘이 드네요.

지나고 나면 아쉽고,
지나고 나서야 그리워지는 일들.
우린 너무 많이 겪어봤어요.
있을 때 한 번 더 바라봐주고,
있을 때 한 번 더 말 걸어주고,
있을 때 한 번 더 어루만져주는
따뜻함이 묻어나는 사람들이길
바라봅니다.

255

지금 나올래?

집에서 입고 있던 그대로,
무릎이 튀어나온 트레이닝복 차림으로도
마음 편하게 만날 수 있는 사이.
지갑 없이도 눈치 보지 않고 만날 수 있는 사이,
아무것도 하기 싫은 날이면
쉬고 싶은 만큼 쉴 수 있는 사이.

이런 사이
너무 좋지 않나요?
꾸며야하고
갖춰야하고
눈치봐야하고
긴장해야하는 건
평일에도 충분히 해냈잖아요.

토요일, 오늘은
좋은 사람 만나서
좋은 이야기만 나누고,
좋은 것을 먹으며
내 마음에 제일 편한 상태로 보낸 하루였길 바랍니다.

256

내 마음 우선주의자

상황이나 상대방을 판단할 때
가장 큰 기준
이성적으로는 과정, 결과라고 해야 하겠지만
아이러니하게도
모든 판단의 기준은
내 기분, 내 취향, 내 상황...
바로 나에게 달렸습니다.

누군가를 좋아하는 것도
그 사람을 좋아하는 내 마음이 가장 크죠.
마찬가지로
누군가가 싫고 미워지고, 짜증이 난다면
그것 역시 내 마음 탓일 거예요.
이유 없이 누군가를 미워하다보면
내 마음만 힘들어집니다.
자꾸만 그 사람이 미워진다면
내 기분을 먼저 환기시켜 보세요.

257
마음만은 넉넉한 사람이길

어릴 때는 '사촌이 땅을 사면 배가 아프다'는 말이
잘 이해되지 않았어요.
하지만, 점점 나이가 들면서 진심으로 축하한다는 게
얼마나 어려운 일인지를 알게 됩니다.
웃고 있지만 웃고 있지만은 않은 마음이랄까.

생각해보면 결국
진심으로 축하하지 못하는 내가 못난 거죠.
나와 내 주변의 사람들이
기쁜 일을 함께 기뻐할 수 있는
마음이 넉넉한 사람이면 좋겠습니다.

258
나만의 쉼표를 찍어요

SNS 기능 중에 가장 사람냄새를 느낄 수 있는 기능이
"오늘은 누구누구의 생일입니다. 축하해주세요."라고 생각해요.

이 친구 생일이 이때쯤이었지.
작년 오늘, 이런 일이 있었구나!

전력질주를 하던 일상에 잠시 쉼표를 찍을 여유를 주죠.
연말을 향해갈 수록 속도가 점점 빨라집니다.
놓치는 사람, 놓치는 마음, 놓치는 일들 없도록 한 템포 쉬어가기로 해요.

과속방지턱처럼 가끔은 한 템포 늦춰줄 나만의 쉼표가 필요할 때입니다.

259
참지 말고 터뜨려요

결혼식장의 신부들을 보고 있으면 불안불안해요.
잘 참고 있다가 엄마랑 눈이 마주치는 순간,
눈물샘이 터지죠.
운동선수들도 그래요.
경기를 할 땐 냉철하고, 흐트러짐 없던 선수들이
경기 끝나고 인터뷰를 하다가
갑자기 목이 메어서 말을 잇지 못합니다.

그런 순간이 있어요.
좋은 감정이든 싫은 감정이든
감정을 추스르지 못하고 터지는 순간.
하지만 그 순간이
제일 건강한 모습일지도 몰라요.
남들 눈치 보면서 꾹 참고 쌓아두기보다
좋을 땐 좋다고
힘들 땐 힘들다고
털어놓기로 해요.
그 상대가 라디오라면
저는 기꺼이
귀를 세우고, 마음을 열겠습니다.

260

얼굴에 다 써 있어요

좋을 땐 너무 웃어서 광대가 올라가고
싫을 땐 땅이 꺼져라 한숨을 쉬는
표정이 솔직한 사람들이 있어요.
포커페이스가 잘 안되고
누가 봐도 좋고 싫음이 얼굴에 드러나는 사람이요.

저는 대부분의 시간들을 웃으며 보내지만
굳이 싫은 상대랑 억지로 연을 맺지는 않아요.
그러다보니 누굴 좋아하고 누굴 싫어하는지
다 보여서 곤란할 때도 있지만
그만큼 편할 때도 많습니다.

지금,
거울을 한번 들여다보세요.

261

보물찾기 하듯이 동네산책을

어릴 때 살던 동네에 찾아가 본 적이 있나요?
많이 바뀌었을 거예요.
내가 기억하는 골목, 모퉁이, 전봇대, 가게들은
흔적도 없이 사라지고
화려한 간판에 어디서나 만날 수 있는 상점들이
자리하고 있을 겁니다.
화려하고 좋은 것들은
꼭 여기가 아니더라도 쉽게 만날 수 있는데...

고층건물에 깔끔한 상가,
유명하다는 프랜차이즈 상점들.
이런 거 말고
우리 동네에서만 먹을 수 있고,
우리 동네에서만 볼 수 있는
우리들의 이야기가 더 재밌지 않나요?
주말에는
동네 보물찾기를 하는 기분으로
여유롭게 걸어봐야겠어요.

262

무언가를 매일 한다는 건

소설가 무라카미 하루키는 달리기에 대한
열정이 남다르죠.
그의 산문집이나 인터뷰를 읽다보면
달리기의 효과가 대단하다는 극찬보다
일상 속에서 꾸준하게 이어나가는
습관의 중요성이 더 강조되어 있습니다.
어쩌다 생각났을 때 폭풍처럼 몰아치는 게 아닌
매일 꾸준히 하는 것.

무언가를 매일 한다는 건
깊이가 생기고 견고함이 생기는 과정입니다.
하루의 짧은 순간이라도
무언가를 꾸준히 하고 있다면
언젠가는 그 단단함이 크게 빛을 발할 거예요.
초라하고 밋밋한 우리의 일상이지만
진심으로 사랑합시다.

263
하루만큼 더 깊어진

이탈리아의 영화배우 안나 마냐냐가
사진작가에게 부탁을 했답니다.
"사진사 양반, 절대 내 주름살을 수정하지 마세요."
사진사가 그 이유를 묻자
"그걸 얻는데 평생이 걸렸거든요."
라고 대답했다는 일화를 들었어요.

주름, 상처, 흰머리.
모두 치열하게 살아온 젊은 날의 흔적인데
우린 왜 감추려는 걸까요?
사람 나이 마흔이 넘어서부터는
자신의 얼굴에 책임을 져야한다는
링컨의 말이 떠오르더군요..

하루 더 나이든 만큼
하루 더 깊은 사람이 되어 있기를 바라봅니다.

264

인공지능 DJ도 나올까요?

인공지능 세탁기, 인공지능 컴퓨터, 인공지능 출입문...
인공지능이라는 수식어가 붙은 기계들은 기존의 것들보다 더 똑똑하고, 편리해서
모두가 꿈꾸는 세상이기도 했습니다.
세계 최초의 AI 앵커가 나타났습니다.
발음, 발성은 너무 당연하고
입술모양, 목소리, 표정까지도
한 치의 오차가 없을 거예요.
저처럼 방송을 앞두고 떨 일도 없고
한 겨울 목감기로 걱정할 일도 없을 겁니다.
이러다가 AI DJ에게 자리를 내줘야하는 건 아니겠죠?
적어도 라디오만큼은 36.5도의 체온이 있는
사람의 자리이길 바랍니다.

265

앞 차의 속사정

일을 마치고 집에 들어가는 길이 너무 막히는 거예요.
별일 없어도 막히는 도로인데 공사까지 겹치면서 하염없이 서 있었거든요.
문득 엉뚱한 생각이 들었어요. '앞차들도 다들 사정이 있겠지?'
소개팅에서 만난 이성을 처음으로 다시 만나러 가는 길일 수도 있고,
속이 너무 안 좋아서 마음이 조급한 사람도 있었을테고,
챙겨보는 드라마 할 시간이 지나서 짜증이 밀려오는 사람도 있지 않을까.

라디오를 기다리는 우리도 그래요.
저마다의 사연, 저마다의 하루를 품고 한 자리에 모였네요.
저녁 8시, 여기는 해피타임907입니다.

266

가보지 못한 길

첫사랑이 아름답게 기억되는 건
이루어지지 않았기 때문이라고들 하죠.
그때 헤어지지 않았더라도
어쩌면 결국 남남이 됐을지 모르는데
이루어지지 않은 첫사랑은
가슴 절절히 남아있습니다.

사랑만 그렇겠어요?
하루에도 몇 번씩
우리는 선택의 기로에 서죠.
이걸 고르자니 저게 아쉽고,
저걸 고르자니 이게 좋아 보이고.
하지만 어쩌겠어요?
그 순간 최고의 선택을 하는 수밖에요.

TV를 보자니 라디오도 듣고 싶고,
라디오를 듣자니 드라마가 떠오르는 저녁,
여러분의 선택은?

267

생활의 징크스

살다보면 자주 겪는 생활 속 징크스들이 있습니다.
잃어버린 신용카드는 꼭 재발급 받고나면
어디선가 나타나고,
몇 년을 묵히다 정리를 하고나면
얼마 후에 쓸 일이 생겨요.

때론 짜증이 날 때도 있고,
때론 어처구니가 없기도 하지만...
이런 순간들이 모여서
색다른 하루를 완성하는 거겠죠?

오랜만에 좋은 날씨네! 싶었는데
미세먼지가 극성이었죠?
오늘 만난 생활 속 징크스들도
그저 웃으며 넘길만한 여유로운 하루이길 바랍니다.

268
멀지만 가까운 우리

정말 바쁘게 사는 친구가
갑자기 꼭 오늘 만나자고 연락이 왔어요.
무슨 일이지? 왜? 용건이 뭘까?
정말 궁금했지만
만나서 아무 것도 묻지 않았습니다.

때론 궁금해도 꾹 참고,
그저 마주 앉아 얘기 나누는 게
친구라는 자리인지도 모르겠어요.

여러분과 저의 사이도
가까우면서도 멀고
멀고도 가까운 그런 친구 사이 아닐까요?
제 얘기를 들어주는 여러분,
여러분의 이야기를 담아내는 라디오.
오늘도 반갑습니다.

269
식사는 하셨나요?

사람을 처음 만났을 때 주고받는 인사말에서
그 사람의 성향이 보일 때도 있어요.
"인상이 너무 좋아 보여요"
"오늘 하늘 정말 예쁘죠?"
"오시는 길 많이 밀리지 않았어요?"
어느 하나 고맙지 않은 말이 없죠.

이건 어떨까요?
"식사는 하셨어요?"

그 어떤 인사보다 마음의 온기가 느껴지는
따뜻한 말 한 마디.
아끼는 사람한테, 마음이 가는 사람한테
저절로 묻게 되는 안부입니다.

취향 저격

음악을 검색하다가 깜짝 놀랐어요.
회원님의 취향에 잘 맞는 노래라며
추천곡을 보여주더라고요.
이 안에 사람이 있나?
내가 음악 들을 때 혼잣말을 했나?
놀라웠어요.

영화예매 사이트도 마찬가지죠.
고객님이 좋아하실만한 영화라고 하면서
개봉작 중에 취향에 맞는 영화를 추천해줍니다.

요즘은 그래요.
그렇게 나에게 딱 맞는 맞춤서비스가 필수죠.
많이 들었던 리스트, 영화를 예매했던 기록으로
우리의 취향이라는 게 만들어져요.

라디오도 여러분의 취향을 알고 있을걸요?
어떤 곡들을 좋아하고,
어떤 하루를 보내고 오셨는지
같이 얘기 나눠요.

271
하루의 즐겨찾기

동네에서 맛있는 김밥 집을 하나 발견했어요.
치즈김밥, 참치김밥, 불고기김밥, 돈까스김밥.
맛은 기본이고
괜찮은 가격에, 깔끔한 재료에, 친절한 직원들까지.
모두 갖춘 곳이라
무척 아끼고, 애정하는 곳입니다.

이런 곳 한두 군데 있지 않나요?
사람이 많지 않아서 언제 가도 창가에 앉을 수 있는 카페,
잠시 머리를 쉬게 할 수 있는 동네 책방,
소박하지만
내가 즐겨 찾는 그런 곳들.

하루의 즐겨찾기.
소중하고 아끼는 공간들 공유해볼까요?

272

구석진 자리가 어울리는 것들

카페나 음식점에 들어갔을 때
사람이 많지 않다면
주로 어느 자리에 앉으세요?

햇살이 넘치게 들어오는 창가자리도 좋지만
저는 주로
조명이 닿지 않는 구석진 자리,
사람들의 동선이 겹치지 않는 한적한 자리,
큰 화분으로 가려진
남들을 신경 쓰지 않아도 되는 자리가 좋아요.
독립적인 나만의 공간이라는 생각이 들거든요.

TV와 라디오의 자리를 고른다면
분명 다르겠죠?
라디오는 왠지 한적한 구석 자리가 더 어울리지 않나요?
왠지 더 진솔한 이야기가 오갈 수 있을 것 같아요.
오늘은
라디오 앞으로 한 걸음 더 가까이 모일까요?

273

한 끗 차이

"똑같은 옷을 입었는데 왜 쟤는 오빠고 나는 아저씨냐?"
듣는 아저씨는 기분 나쁘겠지만 분명히 차이가 있었을 겁니다.
바지 끝을 올려 접은 길이가 달랐을 거고,
긴 양말에 운동화냐 발목 양말에 스니커즈냐가 달랐을 거예요.

솔직한 것과 경솔한 것.
이것 역시 말 한마디 차이, 착한 것과 바보 같은 것도
그냥 한 끗 차이입니다.

달력 한 장을 넘기는 것도 눈 깜빡할 사이네요.
어제가 이미 지난달이 되었으니까요.
세상의 모든 차이는 단 한끗!인 걸요.

274

달빛이 가장 좋은 밤

추석.
덥지도 춥지도 않은 적당한 날씨,
풍성한 오곡백과에 일 년 중 가장 마음 편한 계절이라서
"더도 말고 덜도 말고 한가위만 같아라." 라는 인사말도 생겼나봅니다.

손님 치르느라 몸이 고되고 성묘 다녀오느라 몸이 피곤해도
가족과 함께 있는 여유로운 대화가 오가는 황금연휴를 기다렸을 거예요.

추석은 가을저녁을 뜻하는 말이죠? 그 중에서 달빛이 가장 좋은 밤이라고 합니다.
모두 다른 곳에 있지만 밤하늘 달빛에 소중한 사람들을 떠올려보기로 해요.
달빛이 가장 아름다운 밤이라잖아요.

275
목소리 알람

아침에 어떻게 일어나세요?
스마트폰 알람을 맞춰놓겠죠?
예민한 분들은 한 개로는 불안해서
세 개, 네 개도 거기에 자명종 시계까지 맞춥니다.

가만히 생각해보면
엄마의 목소리로 잠을 깨던 시절이 있었어요.
"순유야! 너 좋아하는 갈치조림 해놨어. 빨리 먹자."
"지금 안 일어나면 학교 지각한다."
사람의 목소리로 깨던 시절.

기계음 모닝콜에 익숙해진 지금은
나를 흔들어 깨워 5분을 더 허락해주던
정겨운 엄마의 목소리가 그리워집니다.

저녁 8시의 알람은 라디오로 맞춰두세요.
온기 가득 채운 사람의 목소리로 해피타임의 오프닝이 시작됩니다.

276

별 건 아니지만 그런 이유로

한 사람을 좋아하면
눈에 콩깍지가 씐다죠?
전에 알고 있던 이상형하고도 너무 다르고
취향도 맞지 않는데
나도 모르게 마음이 끌린단 말예요.
심지어 이유 같지도 않은 이유를 대면서.

이를테면
밥을 잘 먹더라고.
엘리베이터 안에서 내가 탈 때까지 기다려주더라고.
때로는
똑같은 가수를 좋아한다는 이유만으로.

이성적이지 않아도 좋고,
논리적이지 않아도 좋으니까
주변 사람들을 좋아하는 마음이 커지면 좋겠습니다.
하루 중에 꽤 오랜 시간을
얼굴 마주하고 지내는 사이라면
더더욱 좋아할만한 이유를 찾아보기로 해요!

date   .   .

277

만원의 행복

아주 우연히 공돈을 만나게 되는 날이 있어요.
잘 안 입는 옷의 주머니 안에서 또는 수납장 속 구석에 있는 접시 바닥에서.
분명히 꼭 필요한 비상시에 쓰려고 내가 넣어둔 건데
신기하게도 공돈 같은 기분이 들어요.

이 돈을 어떻게 쓸까요? 제가 그랬어요.
한동안 안 쓰던 가방 안주머니에서 꼬깃꼬깃한 만 원짜리 석 장을 꺼냈는데...
세상에 용돈이라도 받은 것처럼 좋더라고요.

하루 종일 웃을 수 있는 만원의 행복!
어떻게 쓰면 더 행복할까요?

278

연휴의 끝을 잡고

여행을 떠나기 전 설레도 들뜨는 마음이 최고조에 이르는 것처럼
연휴를 시작하기 전의 마음도 그랬던 것 같아요.

누군가 그러더군요.
연휴가 시작되기 전에는 금금금금금토일을 원했었는데
금금토토일일일 같은 연휴였다고.
일요일 저녁처럼 아쉽게 느껴지는 날들이 많았나봐요.

사실 긴 연휴를 보내다보면 요일 감각이 떨어져서 그날이 그날 같긴 하죠.
여러분은 어떠셨나요? 이제 일상으로 돌아갈까요?

음식 준비하느라 수고했어요. 운전하느라 애썼어요. 피곤했을 테니 푹 쉬어요.
연휴 끝에 잊지 말아야하는 작은 감사인사, 꼭 챙기시고요!

279
떠나지마

계절이 바뀌고, 기분전환이 필요할 때 흔히 머리손질을 택하죠.
미용실에 가서 다듬거나 컬러를 밝게 하거나
한 눈에도 알아볼 수 있게 과감히 스타일을 바꿉니다.
미용실에서 보내는 시간은 꽤 길어서
패션잡지에서부터 시작해서 여성지까지 몇 권이나 바꿔가며 읽었는지 몰라요.

근데 얼마 전에 미용실에 다녀온 한 후배가 얘기하는데 요즘은 잡지가 없대요.
다들 스마트폰을 하느라 심심할 틈이 없는 거죠.
그리고 보니 알게 모르게 우리 곁을 떠나는 것들이 참 많습니다.
잡지 맨 마지막 페이지에 별자리 운세 보는 재미도
쏠쏠했는데 말예요.

280
만국공통어

어느 플로리스트는
플라워 쇼를 위해서 외국에 나갈 때 너무 겁이 났었대요.
영어도 못하고, 중국어는 더더욱 알아듣지도 못하니까
겁이 날 수밖에요.
하지만 막상 현장에 가보면
그 나라 말을 잘 하지 못하는 건 크게 문제가 되지 않는답니다.
왜냐,
그들에겐 만국공통어 꽃이 있어서죠.
바디랭기지나 얼굴표정을 가지고
만국공통어다, 세계어다 하는 말은 들어봤어도
꽃이 세계어로 통할 거라는 생각은 해본 적이 없었는데.
참 예쁘죠?

281
핑계

"그래서", "그래가지고", "그랬기 때문에…"
이런 말로 시작하면
들어보나마나 뒤에는 이유와 변명이 나오죠.

갑자기 앞차가 멈춰버리는 바람에
나도 급정거를 할 수 밖에 없었고
갑자기 잠이 쏟아지는 바람에 지각을 할 수 밖에 없었다고요.

얼마 전 본 영화에 이런 대사가 나왔습니다.

"핑계는 호스텔의 담요 같다.
처음엔 찜찜하지만 추워지면
그 담요를 목 끝까지 끌어당겨 덮는다.
합리화는 밤마다 쓰레기통이나 뒤지는 떠돌이 고양이 같다.
처음엔 낯설지만 한두 번 밥을 주고 서너 번 만져주고 나면
정이 들어 헤어질 수 없다."

핑계인 걸 알면서도
구구절절 이유를 댈 수밖에 없는 날,
오늘은 그런 날이었습니다.
비가 내려서,
비가 오기 때문에,
비가 내리는 날.
비가 와서 모든 게 다 그럴 수밖에 없었던 날,
여러분의 오늘은 어떤 날이었나요?

282
피식, 하고 웃을 일

왼쪽 오른쪽 눈썹이 똑같이 그려졌을 때,
삶은 수건이 쨍하는 햇빛에 바짝 말랐을 때,
남은 반찬하고 남은 밥의 양이 정확히 맞아떨어졌을 때!
아니 이게 뭐 별거라고요.
이거 뭐 대단한 일이라고요.
희한하게도...
이 사소한 일 하나에 피식 웃음이 나올 때가 있어요.
일요일 저녁입니다.
박장대소까지는 아니지만 그저 피식 새어나오는 콧방귀 정도라도
웃을 일이 있지 않을까요?

283
국화같이 매력적인

제가 졸업한 초등학교는 해마다 이 맘 때쯤이면 학교 운동장에
국화 전시회가 한창이었어요.
노랗게 또 분홍빛으로 수놓은 학교 운동장은 운동장이 아니라 그야말로 꽃밭이었죠.
지금도 이 계절이 돌아오면 어린 시절 학교 운동장이 생각납니다.

국화는 다른 꽃들에 비해서 화려하지 않아서 첫 눈에 반하기보다는
보고 또 봐야 아름다움을 느낄 수 있습니다.
또, 바람이 불고, 기온이 떨어지는 늦가을에 피어나서 더 반갑기도 하고요.

조금은 늦더라도 꿋꿋하게 자신의 한 때를 잊지 않는 국화처럼
우리도 은근한 향과 매력을 지닌 사람이면 좋겠습니다.

284
순수한 어른으로

동네 놀이터에
대여섯 살쯤 된 여자 아이가 그네 옆에 서있었어요.
한참을 그렇게 서 있다가
먼저 그네를 타고 있던 언니들이 내려오니까
"엄마, 드디어 내 차례야" 하고 소리를 지르더라고요.

그 목소리가 얼마나 크고 쩌렁 저렁하던지
누가 들으면 대단한 일이라도 난 것 같은
기쁨의 함성이었습니다.

돌아보면 우리에게도
아주 작은 일에도 기뻐하던 시절이 있었죠.
예쁜 햇살 한 줄기에도,
움트기 시작한 새싹에도,
기뻐할 수 있는
순수한 어른으로 살고 싶네요.

285

졸업사진을 보며

우연히 졸업앨범을 열어 봤어요.
고등학교, 중학교 앨범도 아니고 초등학교 앨범을요.
이미 수십 년이 지났는데
신기하게도 앨범을 넘길 때마다
친구들 목소리며,
친구들과 놀던 장면,
어떤 성격의 친구였는지도
기억이 나는 겁니다.

고무줄놀이를 정말 잘했던 친구,
3년 내내 반장을 했던 친구,
곱슬머리가 길어서 별명이 귀신이었던 친구,
매일매일 지각하던 친구,
노래를 끝내주게 잘하던 친구...

이름보다 더 먼저 떠오르는 것들이 많더라고요.
문득
친구들에게 나는 어떤 아이였을까?
나처럼 졸업앨범을 열었을 때
나를 어떤 친구로 기억하고 있을까
무척 궁금했습니다.

개구지게 웃고 있는 순박한 사진 속 친구들.
지금은 멋진 어른으로 살고 있겠죠?

286

노안이라 행복해요

한 지인의 SNS에 이렇게 쓰여 있었어요.
"가까이서 봐야만 잘 보이는 줄 알았는데 이제 한 발 떨어지니 더 잘 보이네요."
그리고 한참 밑에 써진 두 글자.
노안.

이제 막 쉰 고개에 올라선 그 언니는 가까운 글씨가 안 보이는 불편함 대신
한 발 떨어지니 더 잘 보이는 노안의 여유로움을 찾은 거죠.

우리 사는 모습도 그렇겠죠?
당장 눈앞에 놓인 일은 마음이 급해 잘 보이지 않지만
한 걸음 뒤에서 보면 더 멀리, 더 넓게 보일 거예요.

287

온돌방 아랫목에서

외국인들이 한국을 방문하는 TV 예능 프로그램에
가끔은 우리도 잊고 지냈던 것들이 나올 때가 있습니다.
세련된 생활을 꿈꾸고,
서구적인 것들을 먹고 그러다보니
우리가 자랑할 만한 것들을 놓치고 살아요.

최근 평창동계올림픽에 참가한 외국인 선수들이
온돌방의 매력에 푹 빠졌다는 기사를 읽고 반갑더라고요.

따뜻한 온돌방 아랫목에서 귤을 까먹던 겨울밤.
지금보다 더 추웠지만 따뜻한 추억으로 남아있는
그림 같은 시절입니다.

288

보고 있어도 보고 싶은

가만히 있어도
땀이 줄줄 흐르고, 숨이 턱턱 막히는 여름,
죽겠다 죽겠다 하면서 짜증을 내지만
금방 선선한 바람이 살갗을 스치며
기분 좋게 하는 가을이 찾아옵니다.
춥다 춥다, 추워 죽겠다
입버릇처럼 달고 사는 겨울,
하지만 이내 꽃피는 봄날이 돌아오죠.

"회오리바람이라도 아침나절을 이기지 못하고,
소나기라도 하루 종일 내리지 못한다."
노자의 도덕경에 나오는 말입니다.

보고 있어도 아까운 계절,
짧아서 아쉬운 계절이
생각지도 않은 추위로 그냥 떠나버리는 줄 알고 서운했는데
가을 추위는 그리 오래 가지 않네요.
적당히 선선한 가을바람과
적당히 눈부신 가을 햇살이 어우러진
예쁜 가을날.
오늘도 딱 좋은 날입니다.

289

도깨비의 말처럼

'아! 날씨 참 좋다.'
요즘은 하루에도 열 번 이상은 듣는 것 같아요.

물론 화창하고 맑은 날이 좋긴 하죠.
하지만 어떤 날은 촉촉하게 비가 내려서
날씨에 더 스며들고
어떤 날은 흐린 하늘을 올려다보며 마음이 차분해지기도 합니다.
구름이 끼고 바람이 세차게 분다고 해서
나쁜 날씨는 아니에요.
그러고 보면 도깨비는 참 똑똑했네요.

날이 좋아서,
날이 좋지 않아서,
날이 적당해서...
참 예쁜 오늘입니다.

290
목소리로 만나요

PC통신, 기억하세요?
얼굴도 모르는 사람들끼리
이름도 아닌 희한한 닉네임으로 대화를 하죠.
그러다보면
상대방이 궁금해지기도 하고 만나보고도 싶어요.

얼굴을 보지 않았을 때랑
얼굴을 알고 난 후의 그 사람의 느낌은 많이 다를 겁니다.
'예쁘다', '안 예쁘다,'
'잘 생겼다', '못 생겼다' 의 문제가 아니라
상대방에 대해 더 많이 알게 된 느낌?

라디오 속의 우리도 그럴 겁니다.
매일 만나는 사이지만
사진으로 얼굴을 보게 되거나
직접 만날 기회가 생기면
그렇게 반갑고 친근할 수가 없어요.
오늘도 반갑습니다.
목소리로 만나는 우리들 사이!

date   .   .

291
이야기꽃이 피는 사랑방

옛날 살던 동네에 작은 미용실이 있었어요.
꼬불꼬불 펌을 하고, 염색을 하고, 길이를 자르고.
당연히 머리를 하러 가는 사람이 대부분이었죠.

하지만 동네 미용실은 그냥 지나칠 수 없는 수다방이기도 했습니다.
꼭 머리손질을 하지 않더라도
고구마를 구워서, 김치를 새로 해서, 부침개가 맛있어서 맛 좀 보라며
사람들이 모여들던 곳이었죠.

매일 만나던 사람들이 며칠 안 보이면
"그 집 무슨 일 있어?" 하고 안부를 묻기도 하고
집안에 우환이 있을 때면
과일 한 조각이라도 선물했던 정겨움이 있었어요.
동네마다 하나씩은 있지 않았을까요?
마을 사람들의 소식을 모아주는 사랑방 같은 공간.

라디오가 그런 공간이면 좋겠습니다.
매일 만나도 지겹지 않고, 오래 얘기 나눠도 헤어질 시간이면 아쉬운
그렇게 소박한 이야기꽃이 피는 따뜻한 방이었으면 좋겠습니다.

date

292
사람이라는 열매

도시에 살면서 주말 농장을 가꾸시는 분들이 꽤 많습니다.
땅을 일궈 씨를 뿌리고
틈틈이 물을 주고
새싹이 올라오고
키가 자라고
열매를 맺는,
신비로운 과정들.

조바심을 낸다고 더 빨리 자라는 것도 아니요
욕심을 낸다고 더 크게 열리는 것도 아닌지라
몸은 바빠질지언정 마음만큼은 편안해지는 게
텃밭을 가꾸는 일이라고 합니다.
때마다 정성으로 돌보면
어느 순간 반가운 열매를 맺더래요.

사람과 사람 사이도
조바심 내고, 욕심낸다고 해서
더 가까워지거나 특별해지지는 않을 거예요.
맑은 날 함께 웃고
비 오는 날 함께 비를 맞고
바람 부는 날 바람을 맞으며
그렇게 천천히 맺어지는 관계.
사람이라는 열매를 맺는 과정도 비슷하네요.

293

일상의 연출자

먼지 쌓인 책꽂이의 책 한 권을 열어봤어요.
텁텁한 종이 냄새에
바래진 종이색이 감성을 자극하더라고요.
그리고 그 안에 끼어있던
작은 메모지 한 장도 발견했습니다.

물론 제 손으로 일부러 끼워놓은 거라
미리 알고는 있었지만 기분 좋던데요?

어떤 사람들은
계절이 바뀌고 옷을 보관할 때마다....
일부러 주머니 안에 만원씩 넣어 놓는다고 합니다.
나의 행복은 내가 만들어가는 거라면서.

어쩌면
일상의 작은 즐거움은
내가 연출해야 하는 건지도 모르겠어요.

294
보정 없이 편하게

다들
어쩜 그렇게 좋은 곳만 여행 다니고,
매일 매 끼니마다 근사한 곳에서 외식을 하고
멋진 공연에 전시회에...
다른 사람들의 SNS를 보면
부러워질 때가 많습니다.
또 하나!
예쁜 사람들이 왜 이리 많아요?
다들 V라인에 뾰족한 코에 커다란 눈에
안 예쁜 사람을 찾아보기 힘들 정도죠.

움찔할 만한 소식입니다.
과하게 보정된 사진을 원본으로 복구시키는
기술을 개발 중이래요.
너무 웃기기도 하고,
긴장되기도 하는 소식이죠?

우린 그냥 편하게 만나기로 해요.
보정 필요 없이,
과한 포장이나 화려한 인사 없이
저녁이면 만나는 편안한 아지트,
라디오와 함께 해요.

295
노동요 플레이리스트

재즈가 흑인들의 영가,
노동요에서 유래됐다는 건 알고 계실 겁니다.
우리 민요도 마찬가지죠.
힘든 농사일을 할 때 또는 바다에서 여럿이 그물을 끌어당길 때
다함께 불렀던 우리의 노래죠.
음악은 우리가 아무리 힘들어도 다시 일어나게 하고, 다시 힘을 내게 합니다.

요즘 직장인들이 일을 하면서 듣는 노래
또 학생들이 공부하면서 듣는 음악을
노동요라고 하던데요.

지친 나에게 비타민 같은 생기를 주는 노래,
여러분의 노동요, 플레이리스트를 만들어보세요.

▶ ■ ‖ Music Play List

296

무엇을 고르더라도 최고의 선택

빨리 골라보세요.
짜장면, 짬뽕.
군만두, 찐만두.
뜨거운 아메리카노, 아이스 아메리카노,
비빔냉면, 물냉면.
금방금방 고르셨어요?
이렇게 갑자기 물으면 어렵지 않은 대답도
막상 메뉴판 앞에서는 왜 그리도 힘든 걸까요?

간장게장을 먹을지 양념게장을 먹을지,
초코케익을 먹을지 치즈케익을 먹을지.
별 거 아닌 고민들은
훌훌 털어버리기로 해요.
뭘 먹어도 맛있을 선택에 괜한 기운 빼지 말자고요!

297

두려워하지 말아요

시험날 머리를 감거나 속옷을 갈아입으면 시험을 망친다는 징크스.
학창시절의 단골 핑계거리였죠?
대부분의 사람들에겐 징크스 하나쯤은 있을 겁니다.

운동선수 중에도
운동장에 들어설 때 첫 라인을 밟으면 결과가 안 좋을 거라는 얘기에
그 라인을 깡충 뛰어넘는 선수도 있고
공연을 앞두고는
아무도 만나지 않거나 누구에게도 눈길 한 번 주지 않는
성악가들도 있다고 해요.

대부분의 징크스들은 긴장된 마음 때문일 텐데,
최선을 다했다면
너무 두려워하거나 긴장하지 않았으면 좋겠어요.
그리고 그들을 위해
우리가 해줄 수 있는 아주 작고도 위대한 일은
큰 박수와 격려로 응원해주는 일이 아닐까 싶습니다.

298

한 박자 느리게

어릴 때 배드민턴을 치는 어른들을 보면
나도 모르게 고개를 여기 한 번, 저기 한 번 왔다 갔다 하면서
쳐다봤어요.
점프도 한 번 했다가
땅에 닿을랑말랑 아슬아슬하게
겨우겨우 살려내는 게 신기했거든요.

그러다 막상 라켓을 잡아보니
그게 잘 안 되는 거예요.
그런데
아이에게 배드민턴을 가르치다 보니 이제야 알겠더라고요.
한 박자 빨랐던 거죠.
상대방 라켓에서 출발한 공이 어느 정도 왔을 때
점프를 해야 했는데
앞서가는 욕심에 한 박자 빨리 뛴 거죠.

더도 말고, 덜도 말고
지금보다 한 박자정도만 느리게 간다면
눈으로 맘으로 누릴 수 있는 것들이
더 많아질 겁니다.

아련하고 희미한 계절

가을이라 하기엔 많이 익어버렸고,
겨울이라 하기엔 가을을 보내기 아쉽네요.
해마다 늦가을과 초겨울 사이
우리의 마음이 이럴 거예요.

늦가을을 뜻하는 말은 많습니다.
만추, 계추, 모추, 잔추...
만추는 이름에서 느껴지듯이 꽉 찬 가을의 느낌이 살아있고,
계추는 음력 9월을 가리켜요.
모추 역시도 가을이 저물어간다는 뜻이 강조된 늦가을을 이르는 말입니다.
잔상, 잔영, 잔돈처럼 얼마 남지 않았다는 뜻이 강조된 잔추는 어떤가요?
주머니 속 동전들이 외롭게 짤랑짤랑 거리는 것처럼
얼마 남지 않은 올 가을 나뭇가지에는 몇 개 안되는 마른 잎들이 외로이 달려있습니다.

늦가을... 아쉽고 아련하고 희미한 날들입니다.

300
원래 친절하거든요

몇 년 전,
아주 어색했던 모임에서 한 여인은
자기소개를 이렇게 했습니다.

"저는 친절한 척! 한다는 얘길 자주 듣는데
저 원래 친절하고 잘 베풀어요. 오해하지 말아주세요."

어디 사는 누구,
무얼 하는 몇 살의 누구,
이런 식상한 자기소개만 이어지던 중에
다들 눈이 휘둥그레졌어요.
친절한 척! 착한 척! 한다는 선입견 때문에
어디선가 상처를 받은 듯한 그녀는
시간이 지나고 보니 정말로
친절하고 잘 베푸는 사람이었습니다.

멋진 척, 예쁜 척, 행복한 척 하는 것 같아서
왠지 불편한 사람이 주변에 있나요?
어쩌면 그들은
정말로 예쁘고, 행복한 사람들일 수도 있어요.
괜한 선입견 때문에 놓치게 되는 소중한 사람은 없었을까요?

....
....
....
....
....
....

301
리모컨 잡은 사람이 대장

회식자리에서 음식을 주문할 때
제일 윗사람이 무엇을 시키느냐에 따라
그날의 메뉴가 달라지죠.
아무리 먹고 싶은 음식으로 시키라고 하지만
상무님이 짬뽕! 했는데
대리가 유산슬을 시킬 수는 없잖아요.
대표님이 삼겹살을 시켰는데
과장님이 한우등심을 시키지는 못하잖아요.

수평적인 관계라고 해도
사회생활에는 적당한 눈치가 필요합니다.
TV를 볼 때는 리모컨 가진 사람이,
집밥을 먹을 때는 음식을 하는 사람이,
자동차 안에서는 운전대 잡은 사람이,
제일 우선인 거 아시죠?

302
늦

늦잠, 늦더위, 늦둥이.
정해진 기준보다 '늦은' 것들에는
접두사 '늦'을 붙이죠.

깨야할 시간보다 늦게 깨면 늦잠,
여름이 끝나가는 시기의 늦더위,
늦둥이, 늦깍이, 늦사랑…

늦가을은 어떤가요?
늦가을을 두고 '제5의 계절'이라고도 하던데요.
아직 가을 정취가 남아서
어딜 가도 가장 무르익은 자연의 빛깔을 만날 수 있습니다.
'이미 놓쳤구나! 이번 가을은 글렀구나!'
포기하지 마세요.
아직도 예쁜 가을이 남아 있어요.

눈으로 보고, 코로 맡고, 귀로 듣는
이 가을이 우리 마음까지 들어올 수 있게
조금만 더 기다려주세요.

303
한 달의 이용내역서

월말이면 반갑지 않은 우편물들이 도착해요.
익숙해질 만도 한데, 결국은 내가 쓴 만큼만 내는 건데, 그런데도 희한하게 억울합니다.

고지서요, 고지서.
아파트 관리비, 상수도 요금, 도시가스 요금...
돈 내라는 고지서를 받고나면 왠지 숨은 돈 나가는 기분이 들지만
하나하나 이용내역을 살펴보면 납득이 갑니다.

우리가 보낸 한 달도 고지서로 만들면 어떨까요?
추석 연휴도 잘 보냈고, 가을 운동회도 마쳤고, 가까운 곳에 가을 나들이도 다녀왔고
여름옷, 가을옷... 옷장 정리도 했고.
한 달이 끝날 때마다 '한 일은 하나도 없이 시간만 보낸 것 같은'
아쉬움이 느껴진다면 우리가 보낸 한 달의 내역서를 살펴보세요.
그래도 열심히 살았죠?

304
빤하고 뻔한

비가 오는 날이면 떠오르는 메뉴, 빈대떡, 칼국수, 파전.
겨울바람이 불어오는 순간 생각나는 단어, 목도리, 포장마차, 손난로.
우리가 사는 일상에는 뻔한 것들이 많아요.

이렇게 뻔한 것들은 재미없고, 성의 없는 것처럼 여기기 쉽지만
한편으로는 그 뻔한 것마저 못 챙기고 살 수는 없잖아요?

10월의 마지막 밤, 10월 31일입니다.
너무 뻔하지만 그래도 1년 한 번 들어야하는 노래가 있다면
지금 놓치지 말고 라디오 볼륨을 높여주세요.

305
7개월 전, 여러분의 문자사연으로

생방송을 하다보면
다 소개하지 못하는 여러분의 사연이 많아요.
물론 방송에서 소개하지 못하더라도
하나하나 읽어보고는 있지만요.

오늘은 7개월 전, 새 봄을 맞으며
여러분이 보내주셨던 문자들을 다시 읽어봤어요.
3237번 님, 1707번 님은
다이어트를 시작한다고 하셨는데
잘하고 계세요?
유라 님은 더 자상하고 너그러운
엄마가 되겠다고 다짐하셨더라고요.
잘 지키고 계시는 거죠?
9929번 님은 올해 안에 쉰 개 이상의
산을 오를 거라고 계획하셨는데 몇 번 오르셨을까요?

'금연을 할 거예요.'
'커피 값을 아껴서 여행을 갈 거예요.'
'외국어 스터디 모임에 빠지지 않을 거예요...'
여러분이 보내주셨던 약속,
잘 지키고 계신 거죠?
하루하루 등 떠밀려 살다보면 계획, 약속, 다짐과는
무관하게 해야 할 일들이 우선이죠.
가끔은 과거의 내가 다짐했던 일들을
되돌아보면서 다시 출발해보는 것도 나쁘지 않겠죠?

306
청취자의 마음으로 진행할게요

공부를 잘하는 학생들의 비법,
너무 평범해서 믿기지 않는 게 많아요.
"교과서로 열심히 공부했어요."
"기본에 충실했어요."

그런데 거기에 하나, 핵심이 있더라고요.
"내가 시험문제를 내는 사람이라고 생각하고 공부를 했어요."

내가 힘드니까, 바쁘니까, 어려우니까
이만큼만 하는 건 학생들의 입장이고
입장을 바꿔서
내가 시험 출제자라면 얘기가 달라집니다.
어떻게 문제를 내야
공부를 한 학생과 안한 학생을 구분할 수 있는지
분명히 보일 거예요.
취업면접을 볼 때는
면접관의 마음으로 준비를 하고
직장을 다닐 때는
그 회사의 대표라는 마음으로 일을 한다면 어떨까요?
느슨하게 대충하려던 마음이 단단해지지 않을까요?
저는 청취자의 마음으로 진행하겠습니다.

307
태교는 평생 하는 일

임신을 준비하는 동안,
또 뱃속에서 아이를 키우는 열 달 동안
엄마들은 말 한 마디, 음식 하나하나, 행동가지 하나하나에도
신경을 씁니다.

처음엔 오글오글 거리고 어색하고 민망했어요.
하지만 익숙해지니 결국 내 마음이 가장 편안해지더라고요.

좋은 것을 보고,
좋은 것을 먹고,
좋은 마음으로
좋은 사람들을 만나는 것.

열 달만 필요할까요?
어쩌면 우리는 평생 동안
태교하는 마음으로 살아야하는지도 모르겠습니다.

오늘도 좋은 마음으로
좋은 말로 좋은 음악으로
하루를 마무리해보세요.

태교 : 태아에게 좋은 영향을 주기 위해 마음, 몸, 감정, 언어... 등을 정화해 아이에게 좋은 환경을 만들어주는 일.

308
손끝으로 만나는 세상

'님'이라는 글자에 점하나만 찍으면
도로 '남'이 된다는
유행가 가사처럼
점 하나는 정말 중요합니다.
점 여섯 개가 모이면 어떨까요?
여섯 개의 점들로 완성되는 한글점자,
오늘은
시각장애인들의 문자인 '점자의 날'입니다.

앞을 볼 수 없어
책을 읽지 못하고, 학교교육을 받을 수 없는
시각장애인들을 위해
송암 박두성 선생은
한글 점자를 만들었습니다.
아는 사람보다
모르는 사람들이 더 많은 날이지만
어떤 이들에게
점자는
세상과 소통할 수 있는 고마운 문자예요.

엘리베이터 숫자위로 올록볼록 돌출된
여섯 개의 점,
우연히 건네받은 명함에서
손끝에 만져지는 작은 점들을 반겨주세요.
우리가 미처 알지 못했던 언어,
'한글점자'의 날을 축하합니다.

309
각자의 주인공

친구가 길에서 넘어져 팔꿈치를 다쳤어요.
아프고 쓰라렸지만
활동에 영향을 주는 부위가 아니라 다행이었죠.
팔꿈치라는 게 그렇잖아요.
우리가 팔꿈치로 하는 일이 얼마나 있겠어요?

그런데 이상하게도 생활이 다
불편해지더랍니다.
우선 컴퓨터 작업을 하려니
팔꿈치를 댈 수 없어서 힘들었고요.
글씨를 쓰려 해도
팔꿈치를 대지 않고는 손에 힘을 줄 수
없더래요.
엎드릴 수도 턱을 받칠 수도 없으니
일상적인 생활도 당연히 불편했고요.

그러고 보니
어느 것 하나 소중하지 않은 것은 없네요.
각자의 자리에서 우리 모두는 주인공이었다는
사실에
오늘의 위안을 삼아봅니다.

310

신청곡 없어도 괜찮아요

"요즘 노래를 잘 몰라서 신청곡을 못 보내겠어요."
어제 방송 중에 한 청취자분이 이런 사연을 주셨어요.
사연에 맞는 신청곡이어도 좋고,
그냥 듣고 싶은 노래만 보내셔도 상관없지만
그 분의 마음도 알 것 같았습니다.
노래를 신청하고 싶은데 신청할만한 노래가 없는 답답함.

어릴 때 학교 숙제로 일기를 쓸 때면
두 가지 세 가지 일을 신나게 쓰는 날이 있는가 하면
뭘 써야하는지 아무리 고민을 해도 머리를 쥐어짜도
잘 떠오르지 않는 날이 있어요.
아무 것도 안했는데,
아무데도 안 갔는데,
아무도 안 만났는데.
그런 날은 아무 일도 없었던
하루가 정말 원망스럽기도 하죠.

쓸 얘기 없어도 괜찮아요.
신청할 노래 없어도 괜찮아요.
묵묵히 들어만 주셔도 좋고,
남 얘기에 맞장구만 쳐주셔도 좋습니다.
오늘은 그저 마음이 편안한 금요일이니까요.

311

찬바람에 더욱 따뜻한 이름

한여름 손톱에 들인 봉숭아물이 첫 눈 올 때까지 남아 있으면
첫사랑이 이루어진다는 말에 긴 손톱을 버티고 버텼었죠.
물론 이젠 첫사랑을 기대할 수 없지만 봉숭아꽃을 보면 늘 설레요.

나뭇가지에서 떨어지는 마른 잎들을 보면서
문득 드라마 속 한 장면이 떠오르기도 했습니다.
떨어지는 나뭇잎을 잡으면 그 길을 같이 걷고 있는 사람이랑
사랑이 이루어진다고 했거든요.
날씨는 추워졌지만 떠올리면 마음이 따뜻해지는 일들이 있을 겁니다.

312

맞장구를 쳐주세요

공연이나 콘서트를 진행하다보면 신기한 게 있어요.
무대 위에서 관객을 들었다 놨다 하는 건 가수들이지만
무대 위의 주인공들을 들었다 놨다 하는 건
바로 객석의 관중들이라는 겁니다.
그들의 눈빛이 뜨거울수록, 그들의 박수와 함성이 클수록
무대의 열기가 점점 뜨거워지거든요.

학창시절에도 그랬죠.
공부를 잘하는 것도 중요하지만
수업에 집중하고 호응하는 학생을
예뻐하지 않을 선생님은 없었을 겁니다.

기억하세요!
세상에서 제일 큰마음 살 수 있는 건 바로 호응입니다.
맞장구가 필요해요.

313
기대도 안 했는데

수천 개의 별똥별이 떨어질 거라는
뉴스를 보고
며칠 전부터 기다렸어요.
'별똥별이 떨어지는 순간에 소원을 빌면
이뤄진다.'고 해서
미리 소원도 생각해놨구요.
그런데 그만!
깜빡 잠이 들었네요.
다음 날 아침, 늦게까지 기다린 보람이 있다며
간밤의 유성우 자랑하는데 얼마나 아쉽던지요.

매년 12월 31일 제야의 종소리도
계속 기다리다가 잠깐
화장실 다녀온 사이에 놓치고
정동진에 일출보러 갔을 때도
차 안에서 잠깐 졸다 깼더니
이미 환한 아침.
얼마 전 슈퍼문도 그랬죠.
일주일 전부터 기다렸건만
다음 날 친구들의 SNS를 보고서야
또 놓쳤구나! 하고 무릎을 칩니다.

그런데 올해 첫눈을 봤네요!
아무 기대도 안 했는데
정말 탐스런 눈송이가 함박 내렸어요.
혹시 저처럼 놓치기 선수라
첫눈 구경을 못했더라도 괜찮아요.
올 겨울에 눈이 몇 번은 더 오지 않겠어요?
기대 없이 만난 첫눈에 모든 아쉬움이
녹아내립니다.

314
우리 땐 말이지!

"우리 때는 말야." 라고 시작하는 말,
10년 전에도 그랬고 지금도 마찬 가지예요.
참 따분하죠.

동네 뒷산으로 진달래 따러 다니던 얘기.
고생고생해서 겨우 집장만 한 얘기,
몇 번만 들으면 백 번 채운다면서
한 귀로 듣고 흘린 적도 많았습니다.

그런데 요즘엔
저도 그렇게 옛날 얘기가 좋아지네요?
그 때의 추억을 한 번 떠올리기만 해도
버틸 힘이 생기더라고요.
좋았던 사람,
함께 나눴던 힘들고 기뻤던 순간들.
추억이란 건 누구에게나 소중한 보물입니다.

오늘의 내가 어제를 추억하며 보내는 것처럼
내일의 나도 오늘의 추억을 떠올리겠죠?
찬란하나 소박하고,
사소하면서도 화려했던 오늘을.

315
때문에 덕분에

'너 때문에'와 '네 덕분에'가 얼마나 큰 차이가 있는지 아시죠?
당신 때문에 버스를 놓쳤고, 빠듯한 시간 때문에 하고 싶은 일을 할 수 없어요.
당신 덕분에 좋은 영화를 보게 됐고 넉넉한 시간 덕분에 잠시 쉴 수 있었어요.
'때문에'와 '덕분에'는 한 끗 차이이긴 하지만 전혀 다르죠.

가수 스티비원더가 한 말이 있습니다.
"'만일 내가 시각장애인이기 때문에….' 라고 포기했다면
오늘날 많은 사람들의 마음을 흔드는 아름다운 음악을 만날 수 없었을 거예요."

추워진 날씨 덕분에 겨울옷장을 열게 되었고
한 주 동안 정신없이 바빴던 스케줄 덕분에 주말이 더 꿀맛이었을 거예요.
이 시간, 여러분이 계신 덕분에 저는 즐거운 두 시간을 시작해보겠습니다.

316
시간 저금통

해야 할 일도 많고, 해보고 싶은 일도 많은
분주한 일상이 이어지면 생각 없이 흘려보냈던 시간들이 아까워져요.

어느 시인이 말했죠.
시간도 돼지 저금통에 동전을 넣듯이 저금할 수 있다면 얼마나 좋을까? 라고요.
빈둥빈둥 하릴없이 보냈던 시간들을 되돌릴 수 있다면
시간이 부족해서 그르치는 일들은 하나도 없을 텐데 말입니다.

좋은 음악이 흘러나오는
저녁 두 시간씩을 모아두었다가
하루 중 가장 피곤한 때 열어보세요.

317
남녀 언어 사용법

시대를 막론하고 남자와 여자 사이에는 높은 벽이 있었는데요,
돈도, 명예도, 자존심도 아닌
가장 높은 벽은! 바로, 말입니다.

남자들이 쓰는 언어의 속뜻을 알아볼까요?
"배고파"의 속뜻 "배고파"죠.
"졸려"의 속뜻은 "진짜 졸리다"는 거구요...
"피곤해"는 무슨 뜻일까요? 말 그대로 "피곤하다"는 얘깁니다.

하지만, 여자는 달라요.
"5분만!" 이라고 해도 30분 정도는 기다려줘야 하고
"괜찮아"라고 해도
'어디 두고 보겠어. 기억하고 있을 거야.'라는 속뜻이 있어요.
이렇게 다른 남자와 여자가 만나서
같이 살고,
회의를 하고,
밥을 먹으려니
외계인과 대화하는 것처럼 느껴지기도 할 겁니다.
우리의 외계어들은 누가 통역해줄 수 있을까요?

S _____   T _____

M _____   F _____

T _____   S _____

W _____

318
애정녀, 애정남

어른이 되고나서 가장 두려운 것 중에 하나가
새로운 사람과 친해지고,
낯선 환경에 적응해야하는 기간입니다.

숨 막히는 시간들을 어떻게 보낼까
모두가 고민하는 중에
새로 들어 온 멤버 하나가
분위기를 싹 바꿔놓는 경우가 있습니다.
웃기도 잘 웃고, 이거 드셔봐라, 거기는 가봤냐...
낯선 사람들한테 어쩜 그리 말도 잘 거는지요
용감한 뉴페이스의 등장으로
무뚝뚝하던 분위기가 화기애애해지고,
심지어
없던 회식도 자주 하게 됐다는데요.

누군가는 이런 역할을 해주면 좋겠어요.
고요한 정적을 깨주는 사람!
서로 눈치 보느라 칼.퇴 못하는 동료들을 위해
흔쾌히 총대를 매주는 사람!
몰래 듣고 있는 라디오 볼륨을 당당히 높이고 퇴근하는 사람!
우리에게 필요한 분위기 메이커
이런 사람, 어디 있나요?

319

존댓말을 쓰면

친해졌다고 생각하는데 아직도 존댓말을 쓰는 사람들.
알고 지낸 지도 몇 년이고, 같이 밥 먹은 것만 해도 몇 번이며,
함께 얘기 나눈 시간만 수 십 시간은 될 텐데
계속 존댓말을 쓰는 게 좀 궁금했어요.

하지만 생각해보면
존댓말을 사용하는 사이라고 해서 모두 불편한 사이인 건 아니죠.
적당한 존중과 적당한 배려와 적당한 겸손이 들어있는 말.
적당한 거리를 유지하고 있는 관계.
가늘고 길게 갈 수 있는 인연의 비결이 아닐까요.

320
너의 뒤에서

학창 시절 늦은 밤까지 공부를 하는 날에는
등 뒤에서 엄마가 뜨개질을 하거나 자수를 놓으셨어요.
지금 생각해보면 꼭 해야 하는 일은 아니었는데
소리를 내지 않으면서 공부에 방해되지 않게
아이 옆을 지키던 나름의 취미생활이었겠죠?
손으로 반복된 일을 하는 동안 차분하게 하루를 정리하고
내일을 그려보는 여유가 생기기도 했을 거예요.

바삐 움직이는 일상의 속도에 지친 날은 조용히 앉아서
마음이 쉬어갈 수 있는 의자를 마련해보세요.
그 위에 편안한 음악을 더해드립니다.

321
마음가짐

"어리석은 사람은 인연을 만나도 인연인 줄 모르고
보통 사람은 그것이 인연인 줄 알고도 살리지 못하며
현명한 사람은 소매 끝만 스쳐도 인연으로 살려낸다."
우리가 만나고, 얘기하고, 스쳐 지나가는 모든 인연들이 소중하다는 얘기죠.

인간관계에 있어서 가장 중요한 첫 번째 덕목은 바로 마음가짐입니다.
진심으로 이해하고, 진심으로 대할 때
낯선 인연도 내 사람이 될 수 있겠죠?

322

어깨 쫙

방바닥에 앉아 밥을 먹을 때도 자리가 좁아 불편하게 앉아야할 때도
허리는 꼿꼿하게 어깨도 반듯하게 바른 자세인 친구가 있어요.
'불편하지 않느냐'고 사람들이 물었더니
키가 작아서 당당하게 보이려고 그랬던 건데 습관이 됐다고 하네요.

생각해보면, 주눅 들지 않으려고 일부러 하는 행동들이 있습니다.
불편한 하이힐을 고집하기도 하고 형편에 안 맞는 좋은 집, 비싼 차를 사기도 하죠.
그런데 남들 앞에 작아지기 싫어서 불필요한 허세를 부리다보면
감당할 수 없어질 걸요?

그러고 보면 허리 펴고, 어깨 펴고!
이런 건 아주 순진하고도 영양가 있는 처세술이 아닐까 싶습니다.
다 같이 해볼까요? 어깨 쫙!!

323
일주일이 덤으로

입사 면접이나 큰 프로젝트의 발표를 준비해 본 적 있나요?
아무리 성실하게 준비를 했어도
하루 전, 한 시간 앞으로 점점 다가올수록
마음이 불안해져요.
'빼놓은 건 없나? 다 챙겼겠지?'
'조금만 덜 놀 걸. 잠도 조금만 줄여볼 걸.'
'딱 일주일만 더 있다면 진짜 잘할 수 있는데...'
수만 가지 후회와 아쉬움이 머릿속을 스칩니다.

2018학년도 대학수학능력시험을 앞둔
어제 그리고 오늘,
정말 상상도 못해본 일이 벌어졌어요.
누가 상상이나 했을까요?
수능시험이 일주일 연기될 거라고.
드라마 속에서나 나올 법한, 영화 같은 일이 일어났습니다.
인생은 한 치 앞을 알 수 없다고 하죠?
덤으로 주어진 일주일, 평상심 잃지 말고
다시 일주일 전 모드로 돌아가서
잘 준비하면 좋겠습니다.

만약 우리에게
일주일이 덤으로 주어진다면 어떻게 보내야할까?
행복하고 엉뚱한 상상을 해봅니다.

월요일

화요일

수요일

목요일

금요일

토요일

일요일

11.19

324

토닥토닥 라디오

2019학년도 대학수학능력시험 국어영역 첫 번째 문제라고 합니다.

** 다음은 라디오 방송이다. 물음에 답하시오.
혹시 어두운 밤길을 걸어본 적이 있으신가요?
예전에 제가 밤길을 혼자 걸은 적이 있는데요...
처음엔 어둡고 무서웠지만 달빛 덕분에 어렵지 않게 걸었답니다.
여러분의 삶에 든든한 달빛 같은 방송, '나에게 말해줘' 시간입니다.

이렇게 시작해서 장점 말해주기와 강점 헤아려 주기 내용으로 이어지는 지문이었어요.
우리가 국어영역의 문제를 풀어야할 일은 없지만
라디오 프로그램 형식의 문제가 출제됐다니 반갑더라구요.

맞아요.
내 마음을 들어주고,
내 하루를 토닥토닥 위로해줄 수 있는 친구로
라디오를 빼놓을 수는 없겠죠?
어서 오세요...
오늘도 여러분을 위한 따뜻한 자리로 준비해됐어요

morning	noon	dinner	night
calorie	calorie	calorie	calorie

325

단맛을 잃기 전에

"홍시이옵니다. 홍시 맛이 나옵니다.
홍시 맛이 나서 홍시라 하였는데 어찌 그리 생각하였느냐시면..."
이 대사 기억하시죠?
장금이는 열 살 즈음부터
최고의 궁중 요리사로 자리를 잡았고
40년 넘게 전설의 절대 미각 자리를 지켜왔죠.
그러다 새 임금이 장금의 요리를 맘에 들어 하지 않자
장금의 스승과도 같았던 한 상궁은 이런 말을 합니다.
"네 혀도 나이가 들었구나. 나이를 먹으면 혀의 앞부분에 있는
단맛과 짠맛을 느끼는 앞 봉오리의 감각이 떨어진단다..."

그렇대요.
나이가 들면
단 맛을 느끼는 감각이 가장 먼저 떨어져서
자꾸만 단 맛을 찾는 거라고 합니다.
달콤하고,
달달하고,
찡하게 단 맛.
이 맛을 잃어버리는 건
너무 허전할 것 같지 않나요?
혀로 느끼는 단 맛도,
마음으로 느끼는 달콤함도
부지런히 익혀둬야겠어요.

326
내가 부러워하는 당신의 모습

카페에서 혼자 노트북 켜놓고 일하는 사람,
공원 벤치에서 애들 뛰어 노는 동안 책 읽는 아빠.
아침 일찍 혼자서 꽃시장 다녀오는 동네 아주머니.
저는 이런 분들이 참 부러웠어요.
물론, 그분들은
'이게 뭐라고 이걸 부러워하냐' 고 하지만요.

아마
나는 해보지 않았지만, 남들에겐 익숙한 일들.
우린 이런 걸 부러워하는 것 같습니다.
막상 해보면 어렵지 않을 텐데요.
저녁 먹고 슬리퍼 차림으로 동네 한 바퀴 돌기,
갑자기 친구 불러내서 맥주 한 잔 마시기,
깜깜한 밤에 혼자 책 읽기.

오늘 저녁에 우리도 시작해볼까요?

327
봉사의 시작

학생들이 하는 봉사활동,
처음엔
'마음에서 우러나지 않는
봉사활동이 무슨 의미가 있나?'
하는 생각이 더 컸습니다.
말이 봉사활동이지
봉사시간을 채우기 위해
마지못해 하는 거니까요.

그런데
한두 번 봉사활동을 해보면
당연스레 해야 하는 일처럼 여겨진대요.
3.1절에 지하철역 앞에서
태극기를 흔들었던 학생들이
현충일에 현충원의 묘비를 닦았다 하고,
추워질 무렵 김장봉사, 연탄봉사를 했던 분들은
해가 바뀌어도 또 신청을 한답니다.

어쩌면
시켜주지 않아서 좋은 일을
못하고 사는지도 모르겠어요.
세상은 넓고 할 일은 많습니다.
평생을 배우고 베푸는 마음으로
살아야겠어요.

328

준비된 이별은 없어요

20년을 한결같이 아침이면 출근하고 저녁이면 퇴근하고,
집에 와서도 주말에도 회사 일을 즐기던 한 선배가 제 2의 인생을 꿈꾸며
다니던 직장을 그만 뒀다는 소식을 들었어요.

분명히 본인이 계획했고, 본인이 결정하고, 본인이 선택한 길인데
마지막 출근하는 날 아침부터 회사정문을 빠져나올 때까지
눈물이 멈추질 않았다고 합니다.

함께 일하던 사람들이랑 헤어지는 아쉬움만 생각했는데
정문 앞 경비아저씨, 내 책상 위에 있는 머그잔, 내가 갖다놨던 전기주전자,
오후 3시에 몰래 낮잠을 자던 휴게실까지 어느 것 하나 소중하지 않은 게 없더래요.

준비된 이별이란 건 없나봅니다.
하루의 조각조각들 일상의 순간순간들 서운하지 않게, 아쉬움 없이 잘 대해줘야겠어요.

329

불통의 순간

한 통신사가 통신장애를 일으키면서
요 며칠 난리가 났습니다.
몇 시간일 뿐인데
인터넷 뱅킹이 안 되고,
중요한 연락이 끊기고,
그야말로 비상이었죠.

생각해보면 손바닥만 한 기계 하나로 할 수 있는 일이 많긴 많아요.
밥을 먹으면서도 뉴스 기사를 읽고
화장실에서도 SNS를 읽고
사람 많은 지하철에서도 플레이리스트 속 음악을 감상합니다.
휴대전화 카드 기능으로
대중교통도 타고 물건을 살 때 결제도 해요.
오후에 졸릴 땐 1분짜리 게임으로 머리를 식히기도 하고
맛있는 음식 앞에서 예쁜 인증샷을 찍기도 합니다.

이러니
아무리 몇 시간이라 해도
불안할 만 했겠네요.
앉은 자리에서 모든 일을 처리하는 편리한 세상을 사는 것 같지만
알고 보면 꽤 불편한 삶일지도 모르겠습니다.
지금 이 순간도
스마트폰으로 라디오를 듣고
문자로 사연 보낼 준비를 하시는 분들이 계시겠죠?
저도 기다리고 있었어요. 어서 오세요!

330
반가운 소식

누군가 그러더군요.
하루에 한 가지는 기쁜 소식을 듣고 싶다고.
아주 사소하고 작은 일이라도
심지어 전혀 모르는 사람일지라도
그냥 그랬으면 좋겠다고.
찾아보면 많지 않을까요?
동네 앞 슈퍼에서 수박 세일한다는 기쁜 소식!
우리 딸이 팔씨름 1등 했다는 기쁜 소식!
남편이 일찍 퇴근하는데 저녁은 먹고 들어온다는 반가운 소식!
찾아보면 하루를 마무리하는 시간에 들리는
반갑고도 고마운 소식들
분명히 있을 겁니다.

331
좋다

오늘 만난 사람들끼리 나눈 얘기예요.
지난달부터 강아지 한 마리를 키우기 시작했는데
그 녀석이 너무 예뻐서 퇴근 시간이 빨라졌대요.
또 한 사람은 수목 드라마 보는 재미에
일주일이 너무 기다려진다고 하고,
제일 막내는
일주일 전부터 다이어트 식단으로 저녁엔 샐러드만 먹는데
생각보다 힘들지도 않고, 몸이 가벼워지는 게 느껴져서 정말 좋대요.

얘길 듣다보니까 다행이다 싶었어요.
안 좋고, 화나고, 미운 일들이 아니라 기다려지고, 설레고, 행복한 일들이라서요.

332

밀당금지구역

막 사랑에 빠진 커플이나 신혼부부에게 조언을 해준다면 어떤 말이 좋을까요.

"초반에 기선제압 잘 해야 된다! 처음부터 밀리면 절대 안 된다!"
이런 걸 조언이라 하기엔 부끄럽죠?
사랑을 가지고 밀당을 하라니요. 밀었다 당겼다, 쥐었다 폈다 하라니요.

물론 살다보면 밀고 당기는 기술이 필요할 때도 있지만
사랑만큼은 밀당 금지구역이면 좋겠습니다.

333

똑똑한 바보

지하주차장을 빠져나오는데 차들이 꼼짝 않고 제자리에 서있는 거예요.
시간이 흐를수록 그 뒤로 꼬리에 꼬리를 무는 차들이 계속 늘어났고
크락션을 울리는 소리, 창문을 열고 무슨 일이냐며 화를 내는 소리,
밖은 점점 소란스러워졌습니다.

시작은 이랬어요.
들어올 때 받았던 주차권을 잃어버린 운전자가 주차장 직원한테
잘 설명하려고 했는데 출구에는 사람이 아니라 기계만 있었던 거죠.
이러지도 저러지도 못하는 새 바쁜 사람들 시간만 잡아먹는
큰 실수를 하고 만 거예요.

기계가 사람을 대신해서 아주 효율적으로 일할 것 같지만
이런 난감한 상황들은 어떡하죠?

뿌리고 가꾸고 맺고

"땅은 거짓말을 하지 않는다." 라는 말이 있습니다.
1년간 얼마나 정성을 들였는지
손이 간만큼, 마음을 쓴 만큼
결과가 다르기 때문이죠.

도심을 벗어나면 누런 들녘이 보이는
수확의 계절, 가을입니다.
농사에서 마지막에 중요한 게 하나 있다는데
바로, 수확을 해야 할 타이밍을 놓치면 안 된다는 거래요.
다른 일들을 이유로 하루 이틀 미루면
최상의 상태를 놓친다는 거죠.

농사는 시작부터 결실까지 어느 것 하나 쉽지 않아요.
우리 인생도 뿌리고 가꾸고 결실을 맺는 농사와 같습니다.
해마다 수확을 하는 게 아니라 애가 타기도 하고,
때를 놓친 것 같아 속이 상할 때도 있기 마련이죠.
하지만 언젠가는 내 앞에 찾아올
인생의 열매를 위해 하루하루 힘을 내는 수밖에요

335

내 눈에만 보여요

누군가를 좋아하면
시시콜콜한 것들까지 알고 싶어지고,
애써 외우지 않아도 기억하게 됩니다.
생년월일, 혈액형, 별자리
이런 기본적인 것 말고도
글씨체가 어떤지,
발자국 소리가 어떤지...
목소리 톤에 따른 감정 상태며
사람을 대할 때 어떤 부분에 신경을 쓰는지,
사소한 것들까지 다 보이거든요.

관심이라는 게 그래요.
내 눈에만 보이고 내 귀에만 들리죠.
애착이라는 건 그래요.
다른 건 없고 오직 그것만 존재하는 거 같거든요.
작은 것 하나까지도 알고 싶고, 느끼고 싶은 것.
그게 바로 사랑의 시작 아닐까요?

my plan

sun

mon

tue

wed

thu

fri

sat

336
나만 생각할 수 있다면

내 앞에 붙는 수많은 이름표들이 있습니다.
가장, 아빠, 주부, 엄마, 과장님 등등
사회적인 이름표,
아주 사적인 이름표들이 모여서
나의 하루는
그 이름에 걸맞게 해야 할 일들로
꽉 차있어요.

만일,
일터와 가족으로부터
완전히 분리된 나만의 하루가 있다면
무얼 하시겠어요?

누굴 만나지? 뭘 하지?
여러 날들도 아니고 딱 하루라니
이건 정말 어려운 문젭니다.
언젠가는 그런 나만을 위한 하루를 선물 받고 싶네요.

337
오늘의 무게를 털어내는 시간

아무리 바빠도 일주일에 1시간씩은 꼭
퍼즐 맞추기를 한다는 선배가 있었어요.
그 선배의 방은 완성된 3000피스 퍼즐 액자로 장식돼 있었고요.
퍼즐 맞추기를 취미로 시작한 건 이유가 있었답니다.
매일 매일이 지루한 건...
눈에 보이는 결과물이 없기 때문이었대요.
그래서 퍼즐처럼 눈에 보이는 완성품이 있다는 게
얼마나 고마운지 모르겠다고.

생각해보니까 그렇긴 하죠?
어제도 바빴고, 오늘도 바빴고 내일도 바쁠 예정인데
뭘 하느라 그랬는지, 그래서 얻어진 게 뭔지...
아무 것도 보이지 않아요.
한 달이 걸리고 두 달이 걸려서라도
내가 완성했다! 라고 자랑할 수 있는
가시적인 결과물이 필요할 지도 모르겠습니다.

해야만 하는 일 말고
나를 위해서 투자하는 시간이 얼마나 될까요?
짧은 시간이라도 일상의 무게를 내려놓을 나를 위한 시간...
꼭 챙겨가세요.
지금부터 두 시간, 해피타임으로 채워드립니다.

338

고마웠어

어찌 알았는지 기분이 안 좋아 보인다면서
따뜻한 커피 한 잔을 뽑아주는 친구가 있어서 참 좋았어요.
주말에 읽은 책에 좋은 구절이 있었다며
손글씨 써주는 지인이 있어서 마음이 따뜻해졌고,
겨울 바다를 보고 왔다며 철썩이는 파도 소리를 녹음해 들려준 후배가 있어서
편하게 바다 구경을 했습니다.
생각해보면 참 고마운 일들이 많아요.

좋은 사람들이 들려주는 소박한 이야기와 편안한 음악이 흐르는 우리의 시간도
라디오 안에서 만들어 봐요.

339

밥보다 잠

피곤한 상태로 아침에 출근을 했는데
계획에 없던 휴식시간이 주어진다면 뭘 하시겠어요?
① 맛있는 음식과 디저트를 먹으며 에너지를 충전한다.
② 휴식시간 없이 한 시간 앞당겨 퇴근하도록 한다.
③ 조용한 곳으로 가서 낮잠을 잔다.

실제로 많은 업무 스트레스에 시달리는 직장인들은
점심시간을 수면 카페나 낮잠 카페에서 보내기도 하고,
새소리나 물소리 같은 명상의 소리를 들으면서 꿀잠을 자기도 합니다.
밥보다 잠을 택해야 한다면, 어쩌겠어요? 쉬어야지요.

340

먹고, 자고, 놀고

몸도 나른하고 정신도 몽롱해서 커피 한 잔이 간절한 순간,

누군가가 커피 한 잔을 건네면 기분 최고죠?

언젠가 할 수 있는 일들이 있어요.

먹고 싶은 음식, 해보고 싶은 일, 가보고 싶은 여행지.

원하는 만큼 경험하고 사는 건 무척 행복한 일이긴 한데 중요한 건 타이밍입니다.

내 마음이 원할 때, 먹고 싶고, 하고 싶은 순간에 이뤄야 더 행복하거든요.

졸릴 때 잘 수 있고, 배고플 때 먹을 수 있는 행복.

어쩌면 아이들의 욕구는 원하는 순간에 바로 이룰 수 있는 것들이어서

먹고, 자고, 노는 것만으로 어린 시절이 행복했는지도 모르죠.

보고 싶을 때 볼 수 있고, 듣고 싶을 때 들을 수 있는 소박한 하루에 오늘도 행복하셨길 바라요.

341
나는 묻고 너는 대답하고

어릴 땐 궁금한 게 참 많았어요.
왜? 언제 그랬는데? 누구랑? 그래서?
궁금한 질문은
꼬리에 꼬리를 물고 이어졌죠.
어느 순간부터인지 궁금한 것도 줄고
물어보기는 더 귀찮아졌어요.
괜한 질문에 오해받기라도 할까봐
점점 조심스러워지기도 하고요.

대화는 줄어들고
잘 알지 못하니 친해질 리 없고
친하지 않으니 별로 재미없는 사이.
그런 밋밋한 사이만 늘어갑니다.

제가 많이 궁금해 할게요.
취미가 뭔지,
어떤 노래 좋아하는지,
라디오 들은 지 얼마나 되셨는지.
어디 사시는지,
최근에 어떤 영화 보셨는지
지금 뭘 하시는지
끝도 없는 질문에 대답할 준비되셨어요?

342
비밀스런 혼자의 시간

나이 들면서 남자들이 갖는 로망 중에
나만의 서재를 꾸미는 게 있다죠?
책을 좋아해서일 수도 있고
또는 독립된 공간을 갖고 싶은
욕심일 수도 있어요.

여자들도 그래요.
음악을 들으며 책을 읽을 수 있는
햇살 잘 드는 테라스,
예쁜 찻잔과 접시가 가득한 주방.
물론 원하죠.

누구나 잠시 쉴 수 있는 공간이 필요한가봅니다.
올라가기도 힘들고,
좁아서 움직이기도 불편했던
다락에서 노는 게 그렇게 행복했던
어린 시절에도 그랬던 것처럼요.

일상과는 떨어진,
그래서 가끔 들여다볼 수 있는
나만의 비밀스러운 공간,
그런 공간이 있나요?

343

연락병 어디 없나요?

어쩌다 개미떼를 보고 있노라면
참 신기해요.
많은 개미떼들이 일사분란하게 움직여서
작은 과자 부스러기를 옮기는 것도 재밌고,
한 길로만 줄지어 움직이는 것도 신기하죠.

일개미들 사이에도 역할이 나뉘어져 있다고 합니다.
병정개미, 식량 담당개미, 집보수 개미......
하는 일이 다르고
움직이는 양상도 다르대요.
재밌는 건
개미 세계에도 연락병이 있다는 사실!
싸움이 붙었는데 아군의 수가 부족하면
재빨리 개미들을 모아준대요.

우리한테도 연락병 같은 친구들이 있죠?
만나자, 모이자...
말만 던져놓고 아무 반응이 없을 때
나서주는 사람이 있잖아요.
내가 먼저 나서기엔 자신 없을 때
술 한 잔 하자! 단풍구경 가자! 주말에 모이자!
반가운 소식이 들리면 좋겠네요.

344

목표와 욕심

- 욕심: 어떠한 것을 정도에 지나치게 탐내거나 누리고자 하는 마음.
- 목표: 활동을 통하여 이루거나 도달하려는 실제적 대상.

욕심과 목표.
두 단어는 사전적 의미가 엄격히 다릅니다.
그런데도 우리는
목표가 뚜렷하고 하고 싶은 일이 많은 사람에게
욕심이 과하다고 할 때가 있어요.
'5년 안에 꼭 집장만을 할 거야.'
'이번 일만큼은 꼭 성사시킬 거야.'
스스로의 목표가 남들에게 욕심으로 보이는 건 속상한 일이죠.
욕심이 결과에 비중을 두고 있다면
목표는 그것을 이루어가는 과정에 더 큰 의미를 둡니다.

얼마 남지 않은 올 한 해.
목표와 욕심,
둘 다 놓칠 수는 없겠죠?

date

345

우리 지금 만나, 당장 만나!

my recipe

"언제 밥 한 번 먹어야지?"
"우리 꼭 차 한 잔 마셔요!"
당장 약속을 잡기 모호한 관계에서 늘 나오는
마무리 멘트죠?
때로는 의미 없이 던져진 약속들이
무성의하게 느껴질 때가 있습니다.

그때는 진심이었을지 몰라도
진짜로 만나자니 어색한 사이들.
설령 진심이었다해도
하나 둘 지키지 못하면
결국 싱거운 사람이 실없는 약속을 흘린 게 돼버리죠.

약속 하나 없던 사람도 바빠지는 연말입니다.
'올해 가기 전에 연락할게요!'
'언제 한 번 봐야하는데...'
공수표 같은 약속보다는
지금 연락하고, 지금 만나고, 지금 마음을 전하세요.

"♬우리 지금 만나, 당장 만나!"

346

말난로

똑같은 말을 해도 누가 하느냐에 따라서 맛이 달라요.
눈을 똑바로 쳐다보면서 생글생글 웃으면서 하는 말과 딴 데 보면서 툭툭 던지는 말이
어떻게 같은 온도로 들릴 수 있겠어요?

말할 땐 모르다가 남에게 시린 말을 듣고서야 정신이 번쩍 듭니다.
내 말의 냉기를, 찬기가 돌았던 내 말의 냉랭함을요.
자리를 바꿔보고, 상황을 바꿔봐야 상대의 마음을 알아요.

날씨가 춥습니다.
말 한 마디의 온도를 높여서 조금은 따뜻해지는 겨울이면 좋겠습니다.

347

국물이 끝내줘요

한국의 밥상에서 빼놓을 수 없는 게 국물 요리죠.
얼큰한 육개장 국물, 진하게 우러난 사골곰국,
구수한 된장찌개. 미역국, 김치찌개, 쇠고기 무국.
다른 반찬들이 아무리 많아도
탕이나 찌개, 국물 요리가 빠지면 뭔가 허전합니다.

쌀쌀한 저녁바람에 왠지 뜨끈한 국물이 떠오르네요.
속을 달래주는 어묵탕도 좋고!
해장으로도 좋은 콩나물국도 좋고!
포장마차 홍합탕도 좋죠.
오래 전 광고 카피가 떠오르는 저녁입니다.
"국물이 끝내줘요!"
속 든든하게 식사는 하셨는지요?

348

구불구불 낯선 골목길

늘 가던 카페 갔는데
바쁜 시간이라 앉을 자리가 없었어요.
어디든 들어가자는 생각에 걷다보니
카페들이 심심치 않게 보였습니다.
그 중에
가장 작고, 가장 한적한 카페로 들어갔어요.
커피 맛에 놀라고, 아기자기한 인테리어에 놀라고,
카페가 생긴지 3년이 넘었다는 사실에
또 한 번 놀랐네요.

참 재밌어요.
몇 걸음만 더 가도 새로운 것 투성인데
그 몇 걸음을 벗어나지 못하고
같은 자리에서 돌고 있는 건 아닐까요?

식탁에서 밥 먹는 자리도 서로 바꿔 앉아보고,
항상 마시던 아메리카노에서 라떼로 바꿔도 보고...
익숙한 길 말고 구불구불 낯선 골목길로 가본다면
어제보다는 새로운 오늘이 되겠죠?

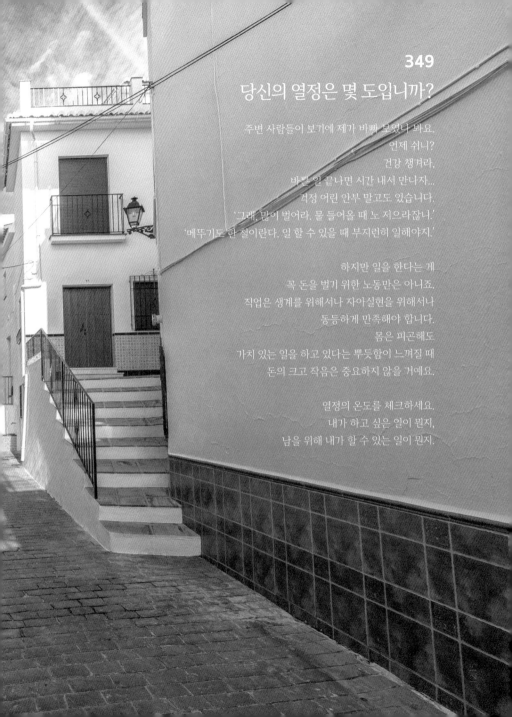

당신의 열정은 몇 도입니까?

주변 사람들이 보기에 제가 바빠 보였나 봐요.
언제 쉬니?
건강 챙겨라.
바쁜 일 끝나면 시간 내서 만나자...
걱정 어린 안부 말고도 있습니다.
'그래, 많이 벌어라. 물 들어올 때 노 저으라잖니.'
'메뚜기도 한 철이란다. 일 할 수 있을 때 부지런히 일해야지.'

하지만 일을 한다는 게
꼭 돈을 벌기 위한 노동만은 아니죠.
직업은 생계를 위해서나 자아실현을 위해서나
동등하게 만족해야 합니다.
몸은 피곤해도
가치 있는 일을 하고 있다는 뿌듯함이 느껴질 때
돈의 크고 작음은 중요하지 않을 거예요.

열정의 온도를 체크하세요.
내가 하고 싶은 일이 뭔지,
남을 위해 내가 할 수 있는 일이 뭔지.

350
명함 만들기

명함을 한 장 받았는데
명함이 좀 신선했어요.

"남이 잘되면 배가 부르고,
파란색과 고양이와 꽃이 좋은 보통사람"
이렇게 쓰여 있는 거예요.
직장이나 직급,
이런 건 하나도 안 쓰여 있더라고요.

직장이나, 직함을 다 빼고 난 누구일까?
이게 궁금했다고 합니다.
이렇게 만들고 보니
자신의 인생에서 무엇을 추구하며
살 건지가 더 또렷해졌다고.
나였다면 뭐라고 적었을까?
문득 궁금하던 걸요?

머릿속으로 그려보세요.
직장과 직함이 빠진 나는 누구인지.

351
골고루 챙겨 들어요

플레이리스트를 들여다보면
취향이 보입니다.
신나고 흥겨운 성인가요를 좋아하는 사람,
깜깜한 밤에
혼자 듣기 좋은 잔잔한 노래를 좋아하는 사람,
갓 나온 따끈따끈한 신상을 좋아하는 사람...
다양해요.
클래식을 더 좋아하고,
가요, 팝송을 더 좋아하는 것도
사람마다 다를 거예요.

음식을 편식하면 건강에 좋지 않은 것처럼
음악도, 책도
마찬가집니다.
어느 한 쪽으로만 치우치지 않게!
우리 골고루 잘 들어요.

▶ ■ ‖ Music Play List

352

아끼고 아껴서

아침에 주문한 책이 저녁이면 집으로 오고
서울에서 부산까지 2시간이면 갈 수 있어요.
인터넷 초고속망에
퀵서비스까지.
시간을 점점 단축시키면서
세상은 점점 빨라지고 있습니다.
나쁠 거야 없죠.
할 일도 많고, 마음은 더 바쁘니까요.

그런데
그렇게 절약하고 아낀 시간으로
무얼 하고 계세요?

353

눈물이 나온다는 건

힘들어도 절대 눈물을 안 보이는 사람, 눈물로써 상황을 모면하려는 사람,
성격에 따라서 눈물의 빈도가 다르죠.

감동적이어서 흘리는 눈물, 터진 웃음에 한 줄 흘러나온 눈물,
억울하고 슬프고 서러워서 우는 눈물, 눈물의 종류도 다양합니다.

나이가 들면 눈물이 많아진다는 얘기를 들어왔어요.
그런데 나이가 들다보니 진심 없는 눈물은 나오지 않더라고요.
너무 웃겨서, 너무 안쓰러워서, 너무 기뻐서, 너무 슬퍼서...
눈물로 내 마음을 표현하는 겁니다.

눈물이 나온다는 건 우리의 순간순간을 뜨겁게 사랑하고 있다는 증거가 아닐까요?

354

주는 사람, 받는 사람

이른 아침에
제일 먼저 일어나
보글보글 된장찌개를 끓이고,
김이 모락모락 나는 새밥을 지어
가족을 깨웁니다.
"아침밥 차렸다. 밥 먹자!"
밥상을 준비한 사람,
차려진 밥을 먹는 사람.
누가 더 행복할까요?

아무리 겨울이라 해도 너무 추운 아침,
가족들보다 5분 먼저 나가서
자동차 시동 걸고,
좌석열선도 미리 덥히죠.
갑작스런 대접을 받은 사람,
사랑하는 사람에게 베푼 사람.
누가 더 행복할까요?

글쎄요.
정답은 없습니다.
둘 다 행복하니까요.
누군가에게 따뜻한 마음을 베푸는 사람,
그 사랑을 온몸으로 느끼는 사람.
모두 행복한 사람들이죠?
칼바람이 부는 추운 겨울에도
마음의 온기가 오가는 중이길 바라봅니다.

355
우리들의 연예대상

연말을 보내는 재미 중 빼놓고 얘기할 수 없는 게 바로,
방송사마다 열리는 시상식을 보는 재미 아닐까요?
연예인들의 멋진 드레스와 턱시도도 볼만 하고,
울먹이며 전하는 수상소감도 감동적 이예요.

올해도 역시 인상적인 수상소감이 많았습니다.
개편을 앞두고 있는 프로그램의 출연자 이광수 씨는
"행복했었다."라는 짧은 소감으로 동료들의 눈시울을 적셨고
데뷔 26년 만에 친정에서 대상을 받은 신동엽 씨는
"이제야 아빠에게서 인정받은 것 같다." 는 말로
그동안의 방황을 드러냈습니다.

한 해를 마무리하는 우리에게도
한번쯤 필요한 시간이 아닐까요?
드라마 부문, 예능부문이 아니더라도
우리 가족의 1년, 또 나의 1년 동안
어떤 일들이 있었는지 돌아볼 시간을 가져보세요.

356
하로동선

무더운 여름날
화로를 선물한 사람이 있었습니다.
얼마 후,
선물을 받은 사람에게 화로가 마음에 들었는지 물었더니
무더위에 화로가 무슨 소용이냐며 화를 냈대요.
이번에는 다른 사람에게
여름엔 화로를, 겨울엔 부채를 선물하고
어땠는지 물었죠.
대답은 이랬습니다.
"고맙네. 잘 사용하고 있다네.
화로는 여름 장마에 젖은 물건들 말리는 데 사용하고,
부채는 겨울에 불 지필 때 잘 쓰고 있다네."

여름엔 뜨거운 화로를, 겨울엔 부채를 선물한다.
아주 쓸 데 없는 선물이나 재주를 뜻하는
'하로동선(夏爐冬扇)'이라는 말이 있습니다.

한 겨울에 오라는 눈은 안 오고
비만 주룩주룩 내리는 날도
기운 빠지기 딱인데요,
그래도
음악을 들으며 분위기 내기엔 최고의 날씨입니다.
비냄새, 비소리, 그리도 떨어지는 빗방울마저 예쁜 날,
선물 같은 하루를 시작해보세요.

357
안궁안물보다는 오지라퍼

상관없는 일에
마음 써서 조언해주는 사람들이 있어요.
내가 관심 갖고 노력해봐야 달라지는 것도 아닌데
굳이 애써주는 사람들.
흔히들 "오지랖두 넓다!" 라고들 하죠?
니가 왜?
뭐하러?
그래서?

물론
달라지지도 않고,
좋은 소리를 못 들을 수도 있습니다.
하지만
모두가 내 일만 신경 쓰고 산다면
힘들 때 우리는 누구한테 기대나요?

서로 안.궁.안.물 하는 게
쿨하고 세련된 사람인가요?
그렇다면 촌스러운 오지라퍼로
사람냄새 나는 사람으로
살고 싶습니다.

358
맹인의 등불처럼

앞이 보이지 않는 사람이
한 손에는 등불을 들고
또 한 손으로는 흰 지팡이를 짚으며
걸어가고 있었습니다.
지나가던 한 사람이
"정말 어리석은 사람이로군.
앞을 보지도 못하면서
등불은 뭐 하러 들고 다니는 거요?"
라고 하자,
맹인은 이렇게 말했습니다.
"당신이 저에게 부딪힐까 염려해서지요."

때론
앞을 보지 못하는 것보다
더 깜깜한 세상을 살고 있는 사람들을
만납니다.
나 혼자만 있는 어둠 속에 갇혀 사는 건 아닌지,
나를 위해 등불을 들고 있는 사람을
못 보고 있는 건 아닌지
천천히 주변을 살피는
겨울밤이길 바라요.

359

내 옆에 있는 사람

부부동반 모임에서 보면 참 신기해요.
남편과 아내의 얼굴이 닮았거든요.
'오누이가 아닐까?' 하는 생각이 들 만큼,
웃음 포인트, 표정까지도 기가 막히게 비슷합니다.
그런데
그렇게 꼭 닮은 두 사람이 앉은 내내 티격태격해요.
밥 먹는 속도 좀 맞춰달라해도
남편은 후다닥 먹고 일어서고,
밤에 TV 보는 거 싫다해도
아내는 드라마 본방사수하고 잔답니다.

참 재미있어요.
우리는 집에서도, 회사에서도
이렇게 다르고 또 다른 사람들이랑 살고 있어요.
금요일이라 빨리 쉬고 싶다는 사람,
금요일이니까 밤을 불태워 놀아보겠다는 사람...
여러분 옆에는 어떤 사람들이 있나요?

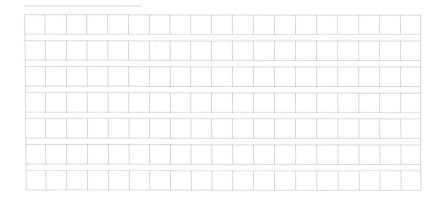

360
허들링

남극의 황제펭귄들이
극한 추위에서도 얼어 죽지 않는 것은
지혜로운 방법으로 체온을 유지하고 있기 때문입니다.
서로 가까이에 겹겹이 무리지어 있다가
맨 바깥쪽의 펭귄들의 체온이 낮아지면
제일 안 쪽으로 들어가고
또다시 바깥쪽에 있던 펭귄들이 추워지면
다시 안쪽으로 들어가는
허들링이라는 방법입니다.
춥고 어려울수록 옹기종기 모이는 건
사람이 모여 사는 곳에서 본능이 아닐까 싶어요.

이렇게 추운 날일수록 더 눈에 들어옵니다.
어린 아이 손을 꼭 잡고
종종 걸음을 하는 엄마의 모습,
팔짱을 낀 채로 조심조심
넘어지지 않으려고 서로에게 의지하는
할아버지, 할머니의 훈훈한 뒷모습.
추워서 더
따뜻한 품속이 그리워지는 저녁입니다.

361

급할수록 돌아가라

꼭 챙겨 다니던 4색 볼펜이 있어요.
그런데 며칠 전부터
아무리 찾아도 안보이더니
언제나 그렇듯 새로 장만하고 나서야
사라졌던 볼펜이 다시 나타났습니다.
왜 그럴까요?
왜 눈앞에 두고 찾지 못하다가
새로 장만하면
뻔한 장소에서 찾는 걸까요.

급할수록 돌아가라는 말이 있습니다.
여유롭지 못해서
눈길을 오래 주지 못해서
놓치는 것들이 많아요.

월말이고 연말이지만
조급해하지 말고
천천히 멀리
둘러보세요.

362

마음을 전하는 통장편지

수능이 끝나고 나서
한 수험생이 SNS에 올린
엄마의 통장선물이 화제가 되었어요.
수능을 100일 앞둔 날부터 시작해
매일매일
만원씩을 저금하면서 적은 메시지인데요.

수능백일홧팅
수능끝나고놀아
너는빛나는존재
그동안고생했다
괜찮다괜찮다
모두다괜찮다
애쓰고애썼다
그걸로충분하다....

이런 식으로 최대 일곱 자까지 쓸 수 있는 메시지에
엄마의 마음을 적은 거죠.
힘든 일이 있을 때마다
엄마의 통장편지를 열어본다면
무한한 힘이 생겨나지 않을까요?

올해가 사흘 남았습니다.
삼백 예순 두 날을
열심히 달려온 나에게 어떤 메시지를 남겨볼까요?

_____
_____
_____

_____
_____

363
매듭짓기

선물을 포장하고 예쁜 리본을 맬 때,
운동화 끈을 맬 때,
한복 옷고름을 맬 때도
마지막 마무리는 매듭입니다.

어떤 용도로 묶느냐에 따라서
매듭의 종류도 다를 수밖에 없는데요,
한 쪽 끈을 잡아당기면
스르륵 쉽게 풀리는 매듭이 있는가하면,
칼이나 가위로 잘라내기 전까지는
절대 풀 수 없는 매듭도 있습니다.

실이나 끈을 잡아맨 마디, 매듭.
때로는 사람 사이에도 매듭을 지어야할 때가 있어요.
더 단단하게 조이거나
언제든 술술 풀릴 수 있는 매듭으로
마무리해야 하는 사이가 있죠.

이틀 남은 올 한 해,
오늘은 엉성하게 풀린 채로 남아있는
1년간의 일들을 매듭짓는 하루가 되겠네요.

364
마지막에서 두 번째

저는 항상 그래요..
마지막보다 마지막을
하나 앞두고 있을 때의 아쉬움이 더 큽니다.
개학 날 아침보다는 개학 하루 전 날,
방학이 딱 하루 남았을 때가 더 아쉽고
친구가 멀리 외국으로 연수갈 때도
떠나기 하루 전 날 마음이 더 초조했어요.

연휴 이게 뭐라고 이렇게 아쉽죠?
꽤 길었던 것 같은데
막상 하루만 남았다니
쉬운 일들이 줄지어 떠오릅니다.

괜찮아요.
우리에겐 또 기다리는 날들이 있잖아요.
소중한 사람들과 함께 보낸 시간들,
배가 꺼질 새도 없이 먹고 또 먹었던
맛있는 음식들,
모처럼 일찍 일어나지 않아도 되는
아침들을 영양제 삼아서
행복한 한 해를 시작할 수 있을 것 같습니다.

365
오늘은 노란불

운전을 하다보면
수만 가지 상황을 만나게 됩니다.
방향을 바꾸고, 속도를 줄이고,
도로 위 차량이 많을 때는 한참을
기다려야하고...

인생도 그렇죠.
가속도가 붙어서 잘 풀리는 시기가 있다가도
'전방에 요철이 있습니다.' 라는
네비게이션의 안내를 들은 것처럼
서행으로 살아야할 시기도 있죠.
아예 멈춰 서서 좌우를 살피고
기다려야할 때도 있고요.

저무는 한 해가 아쉬우면서도
그래서 하루 앞으로 다가온 새해가
더 기다려지는,
마치 녹색등으로 바뀌기 직전의 마음 상태가
아닐까요?
서둘러 속도를 내서라도 올해 안에 달성하거나
아쉽지만 잠시 멈췄다가...
내년으로 미뤄야 하는 그런 날입니다.
신호등의 노란색 불이 켜진 날인 셈이죠.
서행, 멈춤, 주행시작...
오늘 하루는 꼭... 안전운전하세요.